KB244618

메 밀 꽃 필 무 렵

발행일 2005년 12월 26일 1판 1쇄 발행
2007년 10월 11일 1판 2쇄 발행

지은이 이효석
엮은이 고인환

펴낸이 임은주
펴낸곳 청개구리
출판등록 2003년 10월 1일 제22-2403호
주소 (137-070) 서울 서초구 서초동 1359-4 동영빌딩 내
전화 (02)584-9886~7 / 팩스 (02)584-9882
전자우편 treefrog2003@hanmail.net

값 6,500원

잘못된 책은 바꾸어 드립니다.
엮은이와의 협의에 의해 인지는 붙이지 않습니다.
ⓒ2005 청개구리, 고인환
Copyright ⓒ 2005 CHEONGGAEGURI Publishing Co. & Ko, In Hwan.
All right reserved.
First published in Korea in 2005 by CHEONGGAEGURI Publishing Co.
Printed in Korea.

ISBN 89-954496-3-2
ISBN 89-954496-1-6(세트)

메밀꽃
필 무렵

이효석 대표 문학선

●

고인환 엮음

청개구리

가산(可山) 이효석(李孝石, 1907~1942)

차 례

■■■■ 이효석 대표 수필

십대들을 위한 감상의 길잡이

일러두기

1. 이 책에 실린 이효석 소설 작품의 띄어쓰기 및 맞
   춤법은 원작의 의미를 훼손하지 않는 범위내에서
   만 현대 표기법에 따랐음을 밝혀 둔다.
2. 소설 속에 나오는 고어 및 한자어 등 어려운 낱말
   은 본문에 *를 달아 표시하고 책 뒤쪽의 〈이효석 문
   학사전〉에서 설명해 놓았다.

메밀꽃 필 무렵

나귀가 걷기 시작했을 때, 동이의 채찍은 왼손에 있었다. 오랫동안 아둑시니같이 눈이 어둡던 허 생원도 요번만은 동이의 왼손잡이가 눈에 띄지 않을 수 없었다. 걸음도 해깔고, 방울 소리가 밤 벌판에 한층 청청하게 울렸다. 달이 어지간히 기울어졌다.

메밀꽃 필 무렵

 여름 장이란 애시당초에 글러서 해는 아직 중천에 있건만, 장판은 벌써 쓸쓸하고 더운 햇발이 벌려 놓은 전* 휘장 밑으로 등줄기를 훅훅 볶는다. 마을 사람들은 거의 돌아간 뒤요, 팔리지 못한 나무꾼 패가 길거리에 궁싯거리고*들 있으나 석유병이나 받고 고깃마리나 사면 족할 이 축*들을 바라고 언제까지든지 버티고 있을 법은 없다. 춥춥스럽게* 날아드는 파리 떼도 장난꾼 각다귀*들도 귀찮다. 얼금뱅이*요, 왼손잡이인 드팀전*의 허 생원은 기어코 동업의 조 선달에게 나꾸어* 보았다.
 "그만 거둘까?"
 "잘 생각했네. 봉평 장에서 한 번이나 흐뭇하게 사 본 일 있었을까. 내일 대화 장에서나 한몫 벌어야겠네. "
 "오늘 밤은 밤을 새서 걸어야 될걸."
 "달이 뜨렷다."
 절렁절렁 소리를 내며 조 선달이 그날 번 돈을 따지는 것을 보고 허 생원은 말뚝에서 넓은 휘장을 걷고 벌려 놓았던 물건을 거두기 시작하였다. 무명 필*과 주단 바리*가 두 고리짝에 꼭 찼다. 멍석 위에는 천 조각이 어수선하게 남았다.
 다른 축들도 벌써 거의 전들을 걷고 있었다. 약빠르게 떠나는 패도 있었다. 어물장수도, 땜장이도, 엿장수도, 생강장수도 꼴들이 보이지 않았다. 내일은 진부와 대화에 장이 선다. 축들은

그 어느 쪽으로든지 밤을 새며 육칠십 리 밤길을 타박거리지 않으면 안 된다. 장판은 잔치 뒤 마당같이 어수선하게 벌어지고 술집에서는 싸움이 터져 있었다. 주정꾼 욕지거리에 섞여 계집의 앙칼진 목소리가 찢어졌다. 장날 저녁은 정해 놓고 계집의 고함 소리로 시작되는 것이다.

"생원, 시침을 떼두 다 아네. 충줏집 말야."

계집 목소리로 문득 생각난 듯이 조 선달은 비죽이 웃는다.

"화중지병*이지. 연소 패들을 적수로 하구야 대거리*가 돼야 말이지."

"그렇지두 않을걸. 축들이 사족을 못 쓰는 것두 사실은 사실이나, 아무리 그렇다군 해두 왜 그 동이 말일세. 감쪽같이 충줏집을 후린* 눈치거든."

"무어, 그 애숭이가? 물건 가지구 낚았나부지. 착실한 녀석인 줄 알았더니."

"그 길만은 알 수 있나. ……궁리 말구 가 보세나그려. 내 한 턱 씀세."

그다지 마음이 당기지 않는 것을 쫓아갔다. 허 생원은 계집과는 연분이 멀었다. 얼금뱅이 상판을 쳐들고 대설 숫기도 없었으나 계집 편에서 정을 보낸 적도 없었고 쓸쓸하고 뒤틀린 반생이었다. 충줏집을 생각만 하여도 철없이 얼굴이 붉어지고 발밑이

떨리고 그 자리에 소스라쳐 버린다.

충줏집 문을 들어서 술좌석에서 짜장* 동이를 만났을 때에는 어찌 된 서슬엔지 발끈 화가 나 버렸다. 상 위에 붉은 얼굴을 쳐들고 제법 계집과 농탕치는* 것을 보고서야 견딜 수 없었던 것이다.

녀석이 제법 난질꾼*인데 꼴사납다. 머리에 피도 안 마른 녀석이 낮부터 술 처먹고 계집과 농탕이야. 장돌뱅이 망신만 시키고 돌아다니누나. 그 꼴에 우리들과 한몫 보자는 셈이지. 동이 앞에 막아서면서부터 책망이었다. 걱정도 팔자요, 하는 듯이 빤히 처다보는 상기된 눈망울에 부딪칠 때 결김*에 따귀를 하나 갈겨 주지 않고는 배길 수 없었다.

동이도 화를 쓰고 팩하게 일어서기는 하였으나, 허 생원은 조금도 동색하는 법 없이 마음먹은 대로는 다 지껄였다―어디서 주워 먹은 선머슴인지는 모르겠으나, 네게도 아비 어미 있겠지. 그 사나운 꼴 보면 맘 좋겠다. 장사란 탐탁하게* 해야 되지. 계집이 다 무어야. 나가거라, 냉큼 꼴 치워.

그러나 한마디도 대거리하지 않고 하염없이 나가는 꼴을 보려니 도리어 측은히 여겨졌다. 아직도 서름서름한* 사인데 너무 과하지 않았을까 하고 마음이 섯짓해졌다.

주제도 넘지, 같은 술손님이면서도 아무리 젊다구 자식 낳게

된 것을 붙들고 치고 닦아세울 것은 무어야, 원. 충줏집은 입술을 쫑긋하고 술 붓는 솜씨도 거칠었으나, 젊은 애들한테는 그것이 약이 된다나, 하고 그 자리는 조 선달이 얼버무려 넘겼다. 너, 녀석한테 반했지? 애숭이를 빨면 죄 된다.

한참 법석을 친 후이다. 담도 생긴 데다가 웬일인지 흠뻑 취해 보고 싶은 생각도 있어서 허 생원은 주는 술잔이면 거의 다 들이켰다. 거나해짐에 따라 계집 생각보다도 동이의 뒷일이 한결같이 궁금해졌다.

내 꼴에 계집을 가로채서는 어떡할 작정이었누, 하고 어리석은 꼬락서니를 모질게 책망하는 마음도 한편에 있었다. 그렇기 때문에 얼마나 지난 뒤인지 동이가 헐레벌떡거리며 황급히 부르러 왔을 때에는 마시던 잔을 그 자리에 던지고 정신 없이 허덕이며 충줏집을 뛰어나간 것이다.

"생원 당나귀가 바*를 끊구 야단이에요."

"각다귀들 장난이지, 필연코."

짐승도 짐승이려니와 동이의 마음씨가 가슴을 울렸다. 뒤를 따라 장판을 달음질하려니 거슴츠레한 눈이 뜨거워질 것 같다.

"부락스런* 녀석들이라 어쩌는 수 있어야죠."

"나귀를 몹시 구는 녀석들은 그냥 두지 않을걸."

반평생을 같이 지내온 짐승이었다. 같은 주막에서 잠자고 같

은 달빛에 젖으면서 장에서 장으로 걸어다니는 동안에 이십 년의 세월이 사람과 짐승을 함께 늙게 하였다. 가스러진* 목 뒤 털은 주인의 머리털과도 같이 바스러지고, 개진개진* 젖은 눈은 주인의 눈과 같이 눈곱을 흘렸다. 몽당비*처럼 짧게 슨 꼬리는 파리를 쫓으려고 기껏 휘저어 보아야 벌써 다리까지는 닿지 않았다. 닳아 없어진 굽을 몇 번이나 도려내고 새 철을 신겼는지 모른다. 굽은 벌써 더 자라나기는 틀렸고 닳아 버린 철 사이로는 피가 빼짓이 흘렀다. 냄새만 맡고도 주인을 분간하였다. 호소하는 목소리로 야단스럽게 울며 반겨한다.

어린아이를 달래듯이 목덜미를 어루만져 주니 나귀는 코를 벌름거리고 입을 투르르거렸다. 콧물이 튀었다. 허 생원은 짐승 때문에 속도 무던히는 썩었다. 아이들의 장난이 심한 눈치여서 땀 밴 몸뚱어리가 부들부들 떨리고 좀체 흥분이 식지 않는 모양이었다. 굴레가 벗어지고 안장도 떨어졌다.

요 몹쓸 자식들, 하고 허 생원은 호령을 하였으나 패들은 벌써 줄행랑을 논 뒤요, 몇 남지 않은 아이들이 호령에 놀라 비슬비슬 멀어졌다.

"우리들 장난이 아니우. 암놈을 보고 저 혼자 발광이지."

코흘리개 한 녀석이 멀리서 소리를 쳤다.

"고녀석 말투가……."

"김 첨지 당나귀가 가 버리니까 온통 흙을 차고 거품을 흘리면서 미친 소같이 날뛰는걸. 꼴이 우스워 우리는 보고만 있었다우. 배를 좀 보지."

아이는 앵돌아진 투로 소리를 치며 깔깔 웃었다. 허 생원은 모르는 결에 낯이 뜨거워졌다. 뭇 시선을 막으려고 그는 짐승의 배 앞을 가리워 서지 않으면 안 되었다.

"늙은 주제에 암샘*을 내는 셈이야, 저놈의 짐승이."

아이의 웃음소리에 허 생원은 주춤하면서 기어이 견딜 수 없어 채찍을 들더니 아이를 쫓았다.

"쫓으려거든 쫓아 보지. 왼손잡이가 사람을 때려."

줄달음에 달아나는 각다귀에게는 당할 재주가 없었다. 왼손잡이는 아이 하나도 후릴 수 없다. 그만 채찍을 던졌다. 술기도 돌아 몸이 유난스럽게 화끈거렸다.

"그만 떠나세. 녀석들과 어울리다가는 한이 없어. 장판의 각다귀들이란 어른보다도 너 무서운 것들인걸."

조 선달과 동이는 각각 제 나귀에 안장을 얹고 짐을 싣기 시작하였다. 해가 꽤 많이 기울어진 모양이었다.

드팀전 장돌뱅이를 시작한 지 이십 년이나 되어도 허 생원은 봉평 장을 빼논 적은 드물었다. 충주, 제천 등의 이웃 군에도 가

고, 멀리 영남 지방도 헤매기는 하였으나 강릉쯤에 물건 하러 가는 외에는 처음부터 끝까지 군내를 돌아다녔다. 닷새만큼씩의 장날에는 달보다도 확실하게 면에서 면으로 건너간다. 고향이 청주라고 자랑삼아 말하였으나 고향에 돌보러 간 일도 있는 것 같지는 않았다. 장에서 장으로 가는 길의 아름다운 강산이 그대로 그에게는 그리운 고향이었다.

반날 동안이나 뚜벅뚜벅 걷고 장터 있는 마을에 거의 가까웠을 때 지친 나귀가 한바탕 우렁차게 울면―더구나 그것이 저녁녘이어서 등불들이 어둠 속에 깜박거릴 무렵이면 늘 당하는 것이건만 허 생원은 변치 않고 언제든지 가슴이 뛰놀았다.

젊은 시절에는 알뜰하게 벌어 돈푼이나 모아 본 적도 있기는 있었으나, 읍내에 백중*이 열린 해 호탕스럽게 놀고 투전을 하고 하여 사흘 동안에 다 털어 버렸다. 나귀까지 팔게 된 판이었으나 애끓는 정분에 그것만은 이를 물고 단념하였다.

결국 도로아미타불로 장돌뱅이를 다시 시작할 수밖에는 없었다. 짐승을 데리고 읍내를 도망해 나왔을 때에는 너를 팔지 않은 것이 다행이었다고 길가에서 울면서 짐승의 등을 어루만졌던 것이었다. 빚을 지기 시작하니 재산을 모을 염은 당초에 틀리고 간신히 입에 풀칠을 하러 장에서 장으로 돌아다니게 되었다.

　호탕스럽게 놀았다고는 하여도 계집 하나 후려 보지는 못하였다. 계집이란 쌀쌀하고 매정한 것이었다. 평생 인연이 없는 것이라고 신세가 서글퍼졌다. 일신에 가까운 것이라고는 언제나 변함 없는 한 필의 당나귀였다.

　그렇다고는 해도 꼭 한 번의 첫일을 잊을 수는 없었다. 뒤에도 처음에도 없는 단 한 번의 괴이한 인연! 봉평에 다니기 시작한 젊은 시절의 일이었으나, 그것을 생각할 적만은 그도 산 보람을 느꼈다.

　"달밤이었으나 어떻게 해서 그렇게 됐는지 지금 생각해도 도무지 알 수 없어."

　허 생원은 오늘 밤도 또 그 이야기를 끄집어내려는 것이다. 조 선달은 친구가 된 이래 귀에 못이 박히도록 들어왔다. 그렇다고 싫증을 낼 수도 없었으나 허 생원은 시치미를 떼고 되풀이할 대로는 되풀이하고야 말았다.

　"달밤에는 그런 이야기가 격에 맞거든."

　조 선달 편을 바라는 보았으나 물론 미안해서가 아니라 달빛에 감동해서였다. 이지러지기는 했으나 보름을 갓 지난 달은 부드러운 빛을 흐뭇이* 흘리고 있다.

　대화까지는 팔십 리의 밤길, 고개를 둘이나 넘고 개울을 하나 건너고 벌판과 산길을 걸어야 된다. 길은 지금 긴 산허리에 걸

려 있다. 밤중을 지난 무렵인지 죽은 듯이 고요한 속에서 짐승 같은 달의 숨소리가 손에 잡힐 듯이 들리며 콩포기와 옥수수 잎새가 한층 달에 푸르게 젖었다.

산허리는 온통 메밀밭이어서 피기 시작한 꽃이 소금을 뿌린 듯이 흐뭇한 달빛에 숨이 막힐 지경이다. 붉은 대궁이 향기같이 애잔하고 나귀들의 걸음도 시원하다.

길이 좁은 까닭에 세 사람은 나귀를 타고 외줄로 늘어섰다. 방울 소리가 시원스럽게 딸랑딸랑 메밀밭께로 흘러간다. 앞장선 허 생원의 이야기 소리는 꽁무니에 선 동이에게는 확실히는 안 들렸으나, 그는 그대로 개운한 제멋에 적적하지는 않았다.

"장이 선 꼭 이런 날 밤이었네. 객줏집* 토방*이란 무더워서 잠이 들어야지. 밤중은 돼서 혼자 일어나 개울가에 목욕하러 나갔지. 봉평은 지금이나 그제나 마찬가지지. 보이는 곳마다 메밀밭이어서 개울가가 어디 없이 하얀 꽃이야. 돌밭에 벗어도 좋을 것을 달이 너무나 밝은 까닭에 옷을 벗으러 물방앗간으로 들어가지 않았나. 이상한 일도 많지. 거기서 난데없는 성 서방네 처녀와 마주쳤단 말이네. 봉평서야 제일 가는 일색이었지…… 팔자에 있었나 보지."

아무렴, 하고 응답하면서 말머리를 아끼는 듯이 한참이나 담배를 빨 뿐이었다. 구수한 자줏빛 연기가 밤기운 속에 흘러서는

녹았다.

"날 기다린 것은 아니었으나, 그렇다고 달리 기다리는 놈팽이가 있는 것도 아니었네. 처녀는 울고 있었단 말이야. 짐작은 하고 있었으나 성 서방네는 한창 어려워서 들고날 판인 때였지. 한집안 일이니 딸에겐들 걱정이 없을 리 있겠나? 좋은 데만 있으면 시집도 보내련만 시집은 죽어도 싫다지. ……그러나 처녀란 울 때같이 정을 끄는 때가 있을까. 처음에는 놀라기도 한 눈치였으나 걱정이 있을 때는 누그러지기도 쉬운 듯해서 이럭저럭 이야기가 되었네. 생각하면 무섭고도 기막힌 밤이었어."

"제천인지로 줄행랑을 놓은 건 그 다음날이렷다."

"다음 장도막*에는 벌써 온 집안이 사라진 뒤였네. 장판은 소문에 발끈 뒤집혀 고작해야 술집에 팔려 가기가 상수라고 처녀의 뒷공론이 자자들 하단 말이야. 제천 장판을 몇 번이나 뒤졌겠나. 하나 처녀의 꼴은 꿩 궈먹은 자리야. 첫날밤이 마지막 밤이었지. 그때부터 봉평이 마음에 든 것이 반평생을 두고 다니게 되었네. 반평생인들 잊을 수 있겠나."

"수 좋았지. 그렇게 신통한 일이란 쉽지 않아. 항용 못난 것 얻어 새끼 낳고 걱정 늘고 생각만 해도 진저리가 나지…… 그러나 늘그막바지까지 장돌뱅이로 지내기도 힘드는 노릇 아닌가. 난 가을까지만 하구 이 생계와도 하직하려네. 대화쯤에 조그만

전방이나 하나 벌이구 식구들을 부르겠어. 사시 장천 뚜벅뚜벅 걷기란 여간이라야지."

"옛 처녀나 만나면 같이나 살까…… 난 거꾸러질 때까지 이 길 걷고 저 달 볼 테야."

산길을 벗어나니 큰길로 튀워졌다. 꽁무니의 동이도 앞으로 나서서 나귀들은 가로 늘어섰다.

"총각두 젊겠다, 지금이 한창 시절이렷다. 충줏집에서는 그만 실수를 해서 그 꼴이 되었으나 섭게 생각 말게."

"처, 천만에요. 되려 부끄러워요. 계집이란 지금 웬 제격인가요. 자나깨나 어머니 생각뿐인데요."

허 생원의 이야기로 실심해 한 끝이라 동이의 어조는 한풀 수그러진 것이었다.

"아비 어미란 말에 가슴이 터지는 것도 같았으나 제겐 아버지가 없어요. 피붙이라고는 어머니 하나뿐인걸요."

"돌아가셨나?"

"당초부터 없어요."

"그런 법이 세상에……."

생원과 선달이 야단스럽게 껄껄들 웃으니, 동이는 정색하고 우길 수밖에는 없었다.

"부끄러워서 말하지 않으려 했으나 정말예요. 제천 촌에서 달

　도 차지 않은 아이를 낳고 어머니는 집을 쫓겨났죠. 우스운 이
야기나, 그렇기 때문에 지금까지 아버지 얼굴도 본 적 없고, 있
는 고장도 모르고 지내 와요."

　고개가 앞에 놓인 까닭에 세 사람은 나귀를 내렸다. 둔덕은 험
하고 입을 벌리기도 대근하여* 이야기는 한동안 끊겼다. 나귀는
건듯하면 미끄러졌다. 허 생원은 숨이 차 몇 번이고 다리를 쉬
지 않으면 안 되었다. 고개를 넘을 때마다 나이가 알렸다. 동이
같은 젊은 축이 그지없이 부러웠다. 땀이 등을 한바탕 쪽 씻어
내렸다.

　고개 너머는 바로 개울이었다. 장마에 흘러가 버린 널다리*가
아직도 걸리지 않은 채로 있는 까닭에 벗고 건너야 되었다. 고
의*를 벗어 띠로 등에 얽어매고 반 벌거숭이의 우스꽝스런 꼴로
물 속에 뛰어들었다. 금방 땀을 흘린 뒤였으나 밤 물은 뼈를 찔
렀다.

　"그래 대체 기르긴 누가 기르구?"

　"어머니는 하는 수 없이 의부를 얻어 가서 술장사를 시작했
죠. 술이 고주*라서 의부라고 전망나니*예요. 철들어서부터 맞
기 시작한 것이 하룬들 편한 날이 있었을까. 어머니는 말리다가
채이고 맞고 칼부림을 당하고 하니 집 꼴이 무어겠소. 열여덟
살 때 집을 뛰쳐나와서부터 이 짓이죠."

"총각 낫세*론 셈*이 무던하다고 생각했더니 듣고 보니 딱한 신세로군."

물은 깊어 허리까지 찼다. 속 물살도 어지간히 센 데다가 발에 채이는 돌멩이도 미끄러워 금시에 훌칠* 듯하였다. 나귀와 조선달은 재빨리 거의 건넜으나 동이는 허 생원을 붙드느라고 두 사람은 훨씬 떨어졌다.

"모친의 친정은 원래부터 제천이었던가?"

"웬걸요. 시원스레 말은 안 해주나 봉평이라는 것만은 들었죠."

"봉평? 그래, 그 아비 성은 무엇이구?"

"알 수 있나요. 도무지 듣지를 못했으니까."

"그, 그렇겠지."

하고 중얼거리며 흐려지는 눈을 까물까물하다가 허 생원은 경망하게도 발을 빗디뎠다. 앞으로 고꾸라지기가 바쁘게 몸째 풍덩 빠져 버렸다. 허우적거릴수록 몸을 걷잡을 수 없어 동이가 소리를 치며 가까이 왔을 때에는 벌써 퍽이나 흘렀었다. 옷째 쫄딱 젖으니 물에 젖은 개보다도 참혹한 꼴이었다.

동이는 물 속에서 어른을 해깝게* 업을 수 있었다. 젖었다고는 하여도 여윈 몸이라 장정 등에는 오히려 가벼웠다.

"이렇게까지 해서 안됐네. 내 오늘은 정신이 빠진 모양이야."

"염려하실 것 없어요."

"그래, 모친은 아비를 찾지는 않는 눈치지?"

"늘 한 번 만나고 싶다고는 하는데요."

"지금 어디 계신가?"

"의부와도 갈라져서 제천에 있죠. 가을에는 봉평에 모셔 오려고 생각 중인데요. 이를 물고 벌면 이럭저럭 살아갈 수 있겠죠."

"아무렴, 기특한 생각이야. 가을이렷다?"

동이의 탐탁한 등허리가 뼈에 사무쳐 따뜻하다. 물을 다 건넜을 때에는 도리어 서글픈 생각에 좀더 업혔으면도 하였다.

"진종일 실수만 하니 웬일이오, 생원?"

조 선달은 바라보며 기어코 웃음이 터졌다.

"나귀야, 나귀 생각하다 실족을 했어. 말 안 했던가. 저 꼴에 제법 새끼를 얻었단 말이지. 읍내 강릉집 피마*에게 말일세. 귀를 쫑긋 세우고 달랑달랑 뛰는 것이 나귀 새끼같이 귀여운 것이 있을까. 그것 보러 나는 일부러 읍내를 도는 때가 있다네."

"사람을 물에 빠뜨릴 젠 딴은 대단한 나귀 새끼군."

허 생원은 젖은 옷을 웬만큼 짜서 입었다. 이가 덜덜 갈리고 가슴이 떨리며 몹시도 추웠으나, 마음은 알 수 없이 둥실둥실 가벼웠다.

"주막까지 부지런히들 가세나. 뜰에 불을 피우고 훗훗이 쉬

어. 나귀에겐 더운 물을 끓여 주고, 내일 대화 장 보고는 제천이다."

"생원도 제천으로……?"

"오래간만에 가 보고 싶어. 동행하려나, 동이?"

나귀가 걷기 시작했을 때, 동이의 채찍은 왼손에 있었다. 오랫동안 아둑시니*같이 눈이 어둡던 허 생원도 요번만은 동이의 왼손잡이가 눈에 띄지 않을 수 없었다.

걸음도 해깝고, 방울 소리가 밤 벌판에 한층 청청하게 울렸다.

달이 어지간히 기울어졌다.

돈 豚

엉겁결에 외치면서 훑어보았으나 피 한 방울 찾아볼 수 없다. 흔적조차 없다니—기차가 달랑 들고 간 것 같아서 아득한 철로 위를 바라보았으나, 기차는 벌써 그림자조차 없다. "한방에서 잠재우고, 한그릇에 물 먹여서 기른 돼지, 불쌍한 돼지……." 정신이 아찔하고 일신이 허전하여서 식이는 금시 그 자리에 푹 쓰러질 것만 같았다.

돈

옛성 모퉁이 버드나무 까치 둥우리 위에 푸르둥한 하늘이 얄게 드리웠다. 토끼 우리에서는 하이얀 양토끼가 고슴도치 모양으로 까칠하게 웅크리고 있다. 능금나무 가지를 간들간들 흔들면서 벌판을 불어 오는 바닷바람이 채 녹지 않은 눈 속에 덮인 종묘장* 보리밭에 휩쓸려 돼지 우리에 모질게 부딪친다.

우리 밖 네 귀의 말뚝 안에 얽어매인 암돼지는 바람을 맞으면서 유난히 소리를 친다. 말뚝을 싸고 도는 종묘장 씨돈*은 시뻘건 입에 거품을 품으면서 말뚝의 뒤를 돌아 그 위에 덥석 앞다리를 걸었다. 시꺼먼 바위 밑에 눌린 자라 모양인 암돼지는 날카로운 비명을 올리며 전신을 요동한다. 미끄러진 씨돈은 게걸덕거리며 다시 말뚝을 싸고 돈다. 앞뒤 우리에서 웅하는 돼지들 고함에 오후의 종묘장 안은 떠들썩했다.

반 시간이 넘어도 여의치 않았다. 둘러싸고 보던 사람들도 흥이 식어서 주춤주춤 움직인다. 여러 번째 말뚝 위에 덮쳤을 때에 육중한 힘에 말뚝이 와싹 무지러지면서* 그 바람에 밑에 깔렸던 돼지는 말뚝의 테두리로 벗어나서 뛰어갔다.

"어려서 안 되겠군."

종묘장 기수가 껄껄 웃는다.

"황소 앞에 암탉 같으니 쟁그러워서* 볼 수 있나."

"겁을 먹고 달아나는데."

농부는 날쌔게 우리 옆을 돌아 뛰어가는 돼지의 앞을 막았다.

"달포* 전에 한 번 왔다 갔으나 씨가 붙지 않아서 또 끌고 왔는데요."

식이는 겸연쩍어서 얼굴이 붉어졌다.

"아무리 짐승이기로 저렇게 어리구야 씨가 붙을 수 있나."

농부의 말에 식이는 다시 얼굴이 붉어졌다.

"빌어먹을 놈의 짐승."

무안도 무안이려니와 귀찮게 구는 짐승에 식이는 화를 버럭 내면서 농부의 부축을 하여 달아나는 돼지의 뒤를 쫓는다. 고무신이 진창에 빠지고 바지춤이 흘러내린다.

돼지의 허리를 매인 바를 붙들었을 때에 그는 홧김에 바를 뒤로 잡아 나꾸며 기운껏 매질을 한다. 어린 짐승은 바들바들 떨면서 비명을 올린다. 농가 일 년의 생명선—좀 있으면 나올 제1기분 세금과 첫여름 감자가 나올 때까지 가족들 양식의 예산 부담을 맡은 이 어린 짐승에 대한 측은한 뉘우침이 나중에는 필연코 나련마는 종묘장 사람들 숲에서의 무안을 못 이겨 식이가 흔드는 매는 자연 가련한 짐승 위에 잦게 내렸다.

"그만 갖다 매시오."

말뚝을 고쳐 든든히 박고 난 농부는 식이에게 손짓한다. 겁과 불안에 떨며 허둥거리는 짐승을 이번에는 한결 더 든든히 말뚝

안에 우겨 넣고, 나뭇대를 가로질러 배까지 떠받쳐 올려 꼼짝 요동하지 못하게 탐탁하게* 얽어매었다.

털몸을 근실근실 부딪치며 그의 곁을 감돌던 씨돈은 미처 식이의 손이 떨어지기도 전에 '화차'와도 같이 육중하게 말뚝 위를 엄습한다. 시뻘건 입이 욕심에 목메어서 풀무*같이 요란히 울린다. 깔린 암돈은 목이 찢어져라 날카롭게 고함친다.

둘러선 좌중은 일제히 웃음소리를 멈추고 일시 농담조차 잊은 듯하였다.

문득 분이의 자태가 눈앞에 떠오르자, 식이는 말뚝에서 시선을 돌려 딴전을 보았다.

"분이 고것, 지금은 어디 가 있는구."

―제2기분은새로 1기분 세금조차 밀려오는 농가의 형편에 돼지보다 나은 부업이 없었다. 한 마리를 일 년 동안 충실히 기르면 세금도 세금이려니와 잔돈푼의 가용돈쯤은 훌륭히 우러나왔다. 이 돼지의 공용*을 잘 아는 식이가 푼푼이 모은 돈으로 마을 사람들의 본을 받아 읍내 종묘장에서 갓난 양돼지 한 자웅을 사 온 것이 지난 여름이었다.

기름이 자르르 흐르는 새까만 자웅을 식이는 사람보다도 더 귀히 여겨, 갓 사 왔을 무렵에는 우리 안에 넣기가 아까워 그의 방 한구석에 짚을 펴고 그 위에 재우기까지 하던 것이 젖이 그

리워서인지 한 달도 못 돼서 수놈이 죽었다. 나머지 암놈을 식이는 애지중지하여 단 한 벌인 그의 밥그릇에 물을 받아 먹이기까지 하였다. 물도 먹지 않고 꿀꿀 앓을 때에는 그는 나무하러 가는 것도 그만두고 종일 짐승의 시중을 들었다.

여섯 달을 기르니 겨우 암퇘지 티가 났다. 달포 전에 식이는 첫 시험으로 십 리가 넘는 읍내 종묘장까지 끌고 왔었다. 피돈 오십 전이나 내서 씨를 받은 것이 종시* 붙지 않았다. 식이는 화가 났다. 때마침 정을 두고 지내던 이웃집 분이가 어디론지 도망을 갔다. 식이는 속이 상해서 며칠 동안 일이 손에 잡히지 않았다.

늘 뾰로통해서 쌀쌀하게 대꾸하더니 그 고운 살을 한 번도 허락하지 않고 늙은 아비를 혼자 둔 채 기어이 도망을 가 버렸구나 생각하니 분이가 괘씸하였다. 그러나 속 깊은 박 초시의 일이니 자기 딸 조처에 무슨 꿍꿍이 수작을 대었는지 도무지 모를 노릇이었다. 청진으로 갔느니, 서울로 갔느니, 며칠 전에 박 초시에게 돈 십 원이 왔느니, 소문은 갈피갈피였으나 하나도 종잡을 수 없었다. 이래저래 상할 대로 속이 상했다. 능금꽃 같은 두 볼을 잘강잘강 씹어 먹고 싶던 분이인 만큼 식이는 오늘까지 솟아오르는 심화를 억제할 수 없었다.

"다 됐군."

딴전만 보고 섰던 식이는 농부의 목소리에 그쪽을 보았다. 씨돈은 만족한 듯이 여전히 꿀꿀 짖으면서 그곳을 떠나지 않고 빙빙 돈다.

파장 후의 광경이건만 분이의 그림자가 눈앞에 어른거리는 식이는 몹시도 겸연쩍었다. 잠자코 섰는 까칠한 암돼지와 분이는 자태가 서로 얽혀서 그의 머릿속에 추근하게 떠올랐다. 음란한 잡담과 허리 꺾는 웃음소리에 얼굴이 더 한층 붉어졌다.

환영을 떨쳐 버리려고 애쓰면서 식이는 얽어매었던 돼지를 풀기 시작하였다. 농부는 여전히 게걸떡거리며 어른어른 싸도는 욕심 많은 씨돈을 몰아 우리 속에 가두었다.

"이번에는 틀림없겠지."

장부에 이름을 올리고 오십 전을 치러 주고 종묘장을 나오니 오후의 해가 느지막하였다.

능금밭 건너편 양옥 관사의 지붕이 흐린 석양에 푸르뎅뎅하게 빛난다. 옛성 어귀에는 성 안으로 드나드는 장꾼의 그림자가 어른어른한다. 성 안에서 한 대의 버스가 나오더니 폭넓은 이등 도로를 요란히 달아난다.

돼지를 몰고 길 왼편 가로 피한 식이는 퍼뜩 지나가는 버스 안을 흘끗 살펴본다. 분이를 잃은 후로부터는 그는 달아나는 버스 안까지 조심스럽게 살피게 되었다. 일전에 나남에서 버스 차장

시험이 있었다더니 그런 데로나 뽑혀 들어가지 않았을까. 분이의 간 길을 이렇게도 상상해 보았기 때문이다.

"장이나 한 바퀴 돌아올까?"

북문 어귀 성 밑 돌 틈에 돼지를 매놓고 식이는 성 안으로 들어가 남문 거리로 향하였다.

분이가 없는 이제, 장꾼의 눈을 피하여 으슥한 가게 앞에 가서 겸연쩍은 태도로 매화분을 살 필요도 없어진 식이는 석유 한 병과 마른 명태 몇 마리를 사 들고 장판을 오르락내리락하였다. 한동네 사람의 그림자도 눈에 띄지 않기에 그는 곧게 성 밖으로 나와 마을로 향하였다.

어기적거리며 돼지의 걸음이 올 때만큼 재지* 못하였다. 그러나 이제 매질할 용기는 없었다.

철로를 끼고 올라가 정거장 앞을 지나 오촌포 한길에 나서니 장 보고 돌아가는 사람의 그림자가 드문드문 보인다. 산모퉁이가 바닷바람을 막아 아늑한 저녁빛이 한길 위를 덮었다. 먼 산 위에는 전기의 고가선이 솟고 산 밑을 물줄기가 돌아내렸다. 온천 가는 넓은 도로가 철로와 나란히 누워서 남쪽으로 줄기차게 뻗쳤다. 저물어 가는 강산 속에 아득하게 뻗친 이 두 줄기의 길이 새삼스럽게 식이의 마음을 끌었다. 걸어가는 그의 등 뒤에서는 산모퉁이를 돌아오는 기차 소리가 아련히 들린다. 별안간 식

이에게는 이상한 생각이 들었다.

"이 길로 아무 데로나 달아날까?"

장에 가서 돼지를 팔면 노자가 되겠지. 차 타고 노자가 자라는 곳까지 달아나면 그곳에 곧 분이가 있지 않을까? 어디서 들었는지 공장에 들어가기가 분이의 소원이더니 그곳에서 여직공 노릇하는 분이와 만나 나도 노동자가 되어 같이 살면 오죽 재미있을까. 공장에서 버는 돈을 달마다 고향에 부치면 아버지도 더 고생하실 것 없겠지. 돼지를 방에서 기르지 않아도 좋고, 세금 못 냈다고 면소 서기들한테 밥솥을 빼앗길 염려도 없을 터이지. 농사같이 초라한 업이 세상에 또 있을까. 아무리 부지런히 일해도 못살기는 일반이니…… 분이 있는 곳이 어디인가…… 돼지를 팔면 얼마를 받을까. 이 돼지 암돼지, 양돼지…….

"앗!"

날카로운 소리에 번쩍 정신이 깨었다.

찬바람이 휙 앞을 스치고 불시에 일신이 딴 세상에 뜬 것 같았다. 눈 보이지 않고 귀 들리지 않고—잠시간 전신이 죽고 감각이 없어졌다. 캄캄하던 눈앞이 차차 밝아지며 거물거물 움직이는 것이 보이고 귀가 뚫리며 요란한 음향이 전신을 쓸어 없앨 듯이 우렁차게 들렸다. 우레 소리가…… 바다 소리가…… 바퀴 소리가…… 별안간 눈앞이 환해지더니 열차의 마지막 바퀴가

쏜살같이 눈앞을 달아났다.

"앗, 기차!"

다 지나간 이제 식이는 정신이 아찔하며 몸이 부르르 떨린다.

진땀이 나는 대신 소름이 쫙 돋는다. 전신이 불시에 빈 듯이 거뿐하다. 글자대로 전신은 비었다. 한쪽 팔에 들었던 석유병도, 명태 마리도 간 곳이 없고, 바른손으로 이끌던 돼지도 종적이 없다.

"아, 돼지!"

"돼지구 무어구 미친놈이지. 어디라고 건널목을 막 건너!"

따귀를 철썩 맞고 바라보니 철로 망보는 사람이 성난 얼굴로 그를 노리고 섰다.

"돼지는 어찌 됐단 말이오?"

"어젯밤 꿈 잘 꾸었지. 네 몸 안 치인 것이 다행이다."

"아니, 그럼 돼지가 치였단 말이오?"

"다음부터 차에 주의해!"

독하게 쏘아붙이면서 철로 망꾼은 식이의 팔을 잡아 낚아 건널목 밖으로 끌어냈다.

"아, 돼지가 치였다니 두 번이나 종묘장에 가서 씨를 받은 내 돼지, 암돼지, 양돼지……."

엉겁결에 외치면서 훑어보았으나 피 한 방울 찾아볼 수 없다.

혼적조차 없다니―기차가 달랑 들고 간 것 같아서 아득한 철로 위를 바라보았으나, 기차는 벌써 그림자조차 없다.

"한방에서 잠재우고, 한그릇에 물 먹여서 기른 돼지, 불쌍한 돼지……."

정신이 아찔하고 일신이 허전하여서 식이는 금시 그 자리에 푹 쓰러질 것만 같았다.

수탉

참혹한 꼴이었다. 측은한 생각은
금세 미움의 감정으로 변하였다. 을손은 불 같
은 화가 버럭 났다.—그 꼴을 하고 살아서는
무엇해. 살기를 띤 손이 부르르 떨렸다. 손에
잡히는 것을 되고 말고 닭에게 던졌다. 공칙하
게도 명중되어, 순간 다리를 뻗고 푸득거리는
꼴에서 을손은 시선을 피해 버렸다. 끊었다 이
었다 하는 가엾은 비명이 을손의 오장을 뒤흔
들어 놓는 듯하였다.

수탉

을손은 요사이 울적한 마음에 닭시중도 게을리하게 되었다. 그 알뜰히 기르던 닭들이 도무지 눈에도 들지 않으며 마음을 당기지 못하였다. 모이는새로에 뜰 앞을 어른거리는 꼴을 보면 나뭇개비를 집어들게 되었다. 치우지 않은 우리 속은 지저분하기 짝 없다.

두 마리를 팔면 한 달 수업료가 된다. 우리 안의 수효가 차차 줄어짐이 그다지 애틋한 것은 아니었다. 도리어 제때 가질 운명을 못 가지고 우리 안을 헤매는 한 달 동안의 운명을 벗어난 두 마리의 꼴이 눈에 거슬렸다. 학교에 안 가는 그 한 달 수업료가 늘려진 것이다.

그 두 마리 중에서도 못난 한 마리의 수탉—가장 초라한 꼴이었다. 허울이 변변치 못한 위에 이웃집 닭과 싸우면 판판이 졌다. 물어뜯긴 맨드라미에는 언제 보아도 피가 새로이 흘러 있다. 거적눈*인 데다 한 쪽 다리를 전다. 죽지의 깃이 가지런하지 못하고 꼬리조차 짧았다. 어떤 때면 암탉에게까지 쫓겼다. 수탉 구실을 못 하는 수탉이 보기에도 민망하였으나 요사이 와서는 민망한 정도를 넘어 보기 싫은 것이었다. 더구나 한 달의 운명을 우리 안에 더 붙이게 된 것이 을손에게는 밉살스럽고 흉측스럽게 보일 뿐이었다.

학교에 못 가는 마음이 몹시 답답하였다.

　능금을 따고 낙원에서 쫓겨난 것은 전설이나 능금을 따다 학원에서 쫓겨난 것은 현실이다.

　농장의 능금은 금단의 과실이었다.

　을손들은 그 율칙을 어긴 것이다.

　동무들의 꾐에 빠졌다느니보다도 을손 자신이 능금의 유혹에 빠졌던 것이다. 능금은 사치한 욕망이 아니다. 필요한 식욕이었다.

　당번은 다섯 명이었다. 누에를 다 올린 후라 별로 할 일 없이 한가하였던 것이 일을 저지른 시초일는지 모른다. 잡담으로 자정이 되기를 기다렸다가 일제히 방을 나가 어둠 속에 몸을 감추고 과수원의 철망을 넘었다.

　먹다 남은 것을 아궁이 속에 넣은 것은 감쪽같았으나 마지막 한 개를 방구석 뽕잎 속에 간직한 것이 실책이었다.

　이튿날 아침 과수원 속의 발자취가 문제되었을 때 공교롭게도 뽕잎 속의 그 한 개가 발견되었다.

　수색의 길은 빠하다. 간밤에 다섯 명의 당번이 차례로 반 담임 앞에 불려 가게 되었다.

　굳게 언약을 해놓고서도 어느 때나 마찬가지로 그 어디로부터인지 교묘하게 부서진다. 약한 한 사람의 동무의 입에서 기어이 실토가 된 모양이었다. 한 사람씩 거듭 불려 들어갔다.

두 번째 호출이 시작되었을 때 을손은 괴상한 곳에 있었다.

몸이 무거워 그곳에 들어간 것이 아니라 얼마 동안의 귀찮은 시간을 피하러 일부러 그곳을 고른 것이었다.

한 사람이 들어가 간신히 웅크리고 앉았을 만한 네모진 그 좁은 공간—거북스럽기는 해도 가장 마음 편한 곳도 그곳이었다. 그곳에 앉아 있으면 마치 바닷물 속에 잠겨 있는 것과도 같이 몸이 가뿐한 까닭이다.

밖 운동장에서는 동무들의 지껄이는 소리, 웃음소리, 닫는 소리에 섞여 공 구르는 가벼운 소리가 쉴새없이 흘러와 몸은 그 즐거운 소리를 타고 뜬 것 같다.

을손은 현재 취조를 받고 있을 당번의 동무들과 자신의 형편조차 잊어버리고 유유히 주머니 속에서 담배를 한 개 집어내서 불을 붙였다. 실상인즉 담배도 능금과 같이 금단의 것이었으나 율칙을 어김은 인류의 조상이 끼쳐 준 아름다운 공덕이다. 더구나 그곳에서 한 모금 피우기란 무상의 기쁨이라고 을손은 생각하는 것이었다.

이것도 그곳의 특이한 풍속으로 벽에는 옷을 입지 않을 때의 남녀의 원시적 자태가 유치한 필치로 낙서되어 있다. 간단한 선으로 그려진 서투른 그림이면서도 그것은 일종의 기쁨이었다.

을손도 알 수 없는 유혹을 받아 주머니 속에서 무딘 연필을 찾

아 향기로운 연기를 길게 뿜으면서 상상을 기울여 그림을 그리기 시작하였다.

능금을 먹은 위에 담배를 피우며 낙서를 하며—위반을 거듭하는 동안에 을손은 문득 학교가 싫은 생각이 불현듯이 들었다—가령 학교에서 능금 딴 제자를 문초*한 교사가 일단 집에 돌아갔을 때 이웃집 밭의 능금을 딴 어린 아들을 무슨 방법으로 처벌할 것이며, 그 자신 능금을 따던 소년 시대를 추억할 때 어떤 감상과 반성이 생길 것인가. 또 혹은 학교에서 절제의 미덕을 가르치는 교사 자신이 불의의 정욕에 빠졌을 때 그 경우는 어떻게 설명해야 옳은 것인가—마치 십계명을 설교하는 목사 자신이 간음의 죄에 신음하는 것과도 흡사한 그 경우를.

가깝게 생각하여 특수한 과학과 기술을 배워도 그것을 이용할 자신의 농토조차 없는 형편이 아닌가.

변변치 못하다. 초라하다. 잔다란* 보수를 바라 이 굴욕을 받는 것보다는 차라리 좁고 거북한 굴레를 벗어나 아무 데로나 넓은 세상으로 뛰어나가고 싶다.

을손의 생각은 고삐를 놓은 말같이 그칠 바를 몰랐다.

아마도 오래된 듯하다.

하학 종소리가 어지럽게 울렸다.

이튿날 아버지는 단벌의 나들이 두루마기를 입고 학교에 불려

갔다.

　무기 정학의 처분이었다.

　아버지는 어안이 벙벙한 모양이었다—정든 아들을 매질할 수
도 없었으므로.

　을손은 우리 안의 닭을 모조리 흩두드려 팔아 가지고 내빼고
싶은 생각이 불같이 났으나, 그것도 할 수 없어 빈손으로 집을
떠났다.

　이웃 고을을 헤매이다가 사흘 만에 다시 집으로 돌아왔다.

　밭일도 거들 맥 없어 며칠은 천치같이 보낼 수밖에 없었다.

　우리 안의 닭의 무리가 눈에 나 보였다. 가운데에서도 못난 수
탉의 꼴은 한층 초라하다. 고추장에 밥을 비벼 먹여도 이웃집
닭에게 지는 가련한 신세가 보기에도 안타까웠다.

　못난 수탉, 내 꼴이 아닌가—을손은 화가 버럭 났다.

　한가한 판이라 복녀와는 자주 만날 수 있는 처지였으나 겸연
쩍은 마음에 도리어 주저되었다.

　을손의 처분을 복녀는 확실히 좋게 여기지는 않는 눈치였다.

　복녀는 의지의 여자였다. 반 년 동안의 원잠종 제조소의 견습
생 강습을 마친 터이라 오는 봄부터는 면의 잠업* 지도생으로
나갈 처지였다. 건듯하면 게을리되는 을손의 공부를 권해 주고
매질해 주는 복녀였다. 학교를 마치면 맞들고 벌자는 언약이었

으나 을손의 이번 실수가 복녀를 실망시킨 것은 확실하였다. 무능한 사내―복녀에게 이같이 의미 없는 것은 없었다.

하루 저녁 복녀를 찾았을 때 을손에게는 모든 것이 확실해졌다.

나온 것은 복녀가 아니요, 복녀의 어머니였다.

"앞으로 출입도 피차에 잦지 못하게 될 것을 생각하니 섭섭하기 그지없네."

뜻을 몰라 우두커니 서 있으려니, 복녀의 어머니는 말을 이었다.

"기어이 알맞은 사람을 하나 구해 봤네."

천근 같은 무쇠가 등골을 내리쳤다.

"조합에 얌전한 사람이 있다기에 더 캐지도 않고 작정해 버렸어."

복녀는 찾아볼 생각도 못 하고 을손은 허전허전 뛰어나왔다.

(복녀의 뜻일까, 춘향모의 짓일까.)

물을 필요도 없었다.

눈앞이 어둡고 천지가 헐어지는 것 같았다.

며칠 동안은 눈에 아무것도 어른거리지 않았다.

앙상한 밤송이 같은 현실.

한 달이 넘어도 학교에서는 복교의 통지도 없다.

저녁때였다.

닭이 우리 안에 들어 각각 잠자리를 차지하였을 때, 마을 갔던 수탉이 어슬어슬 돌아왔다. 또 싸운 모양이었다.

찢어진 맨드라미에는 피가 생생하고 퉁겨진 죽지의 깃이 거꾸로 뻗쳤다.

다리를 저는 것은 늘상 그러했지만, 걸어오는 방향이 단정치 못하다. 자세히 보니 한쪽 눈이 찌그러진 것이었다. 감긴 눈으로 피가 흘러 털을 물들였다.

참혹한 꼴이었다.

측은한 생각은 금세 미움의 감정으로 변하였다. 을손은 불 같은 화가 버럭 났다.─그 꼴을 하고 살아서는 무엇해.

살기를 띤 손이 부르르 떨렸다. 손에 잡히는 것을 되고 말고 닭에게 던졌다.

공칙하게도* 명중되어, 순간 다리를 뻗고 푸득거리는 꼴에서 을손은 시선을 피해 버렸다. 끊었다 이었다 하는 가엾은 비명이 을손의 오장을 뒤흔들어 놓는 듯하였다.

이효석 대표 소설

산

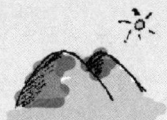

하늘의 별이 와르르 얼굴 위에 쏟아질 듯싶게 가까웠다 멀어졌다 한다. 별 하나 나 하나, 별 둘 나 둘, 별 셋 나 셋―. 어느 결엔지 별을 세고 있었다. 눈이 아물아물하고 입이 뒤바뀌어 수효가 틀려지면 다시 목소리를 높여 처음부터 고쳐 세곤 하였다. 별 하나 나 하나, 별 둘 나 둘, 별 셋 나 셋―. 세는 동안에 중실은 제 몸이 스스로 별이 됨을 느꼈다.

산

1

    나무하던 손을 쉬고 중실은 발 밑의 깨금나무 포기를 들췄다. 지천으로 떨어지는 깨금알이 손 안에 오르르 들었다. 익을 대로 익은 제철의 열매가 어금니 사이에서 오드득 두 쪽으로 갈라졌다.

    돌을 집어 던지면 깨금알같이 오드득 깨어질 듯한 맑은 하늘, 물고기 등같이 푸르다. 높게 뜬 조각 구름 떼가 해변에 뿌려진 조개 껍질같이 유난스럽게도 한편에 옹졸봉졸 몰려들었다.

    높은 산등이라 하늘이 가까우련만 마을에서 볼 때와 일반으로 멀다. 구만 리일까 십만 리일까. 골짜기에서의 생각으로는 산기슭에만 오르면 만져질 듯하던 것이 산허리에 나서면 단번에 구만 리를 내빼는 가을 하늘.

    산 속의 아침 나절은 졸고 있는 짐승같이 막막은 하나 숨결이 은근하다. 휘엿한 산등은 누워 있는 황소의 등허리요, 바람결도 없는데, 쉴새없이 파르르 나부끼는 사시나무 잎새는 산의 숨소리다.

    첫눈에 띄는 하얗게 분장한 자작나무는 산 속의 일색. 아무리 단장한대야 사람의 살결이 그렇게 흴 수 있을까. 수북이 들어선 나무는 마을의 인총*보다도 많고, 사람의 성보다도 종자가 흔하

다. 고요하게 무럭무럭 걱정 없이 잘들 자란다. 산오리나무, 물
오리나무, 가락나무, 참나무, 졸참나무, 박달나무, 사수레나무,
떡갈나무, 피나무, 물가리나무, 싸리나무, 고로쇠나무. 골짜기
에는 산사나무, 아그배나무, 갈매나무, 개옷나무, 엄나무. 산등
에 간간이 섞여 어느 때나 푸르고 향기로운 소나무, 잣나무, 전
나무, 향나무, 노간주나무—걱정 없이 무럭무럭 잘들 자라는—
산 속은 고요하나 웅성한 아름다운 세상이다. 과실같이 싱싱한
기운과 향기. 나무 향기, 흙 냄새, 하늘 향기. 마을에서는 찾아
볼 수 없는 향기다.

　낙엽 속에 파묻혀 앉아 깨금을 알뜰히 바수는 중실은 이제 새
삼스럽게 그 향기를 생각하고 나무를 살피고 하늘을 바라보는
것이 아니었다. 그런 것은 한데 합쳐 몸에 함빡 젖어들어 전신
을 가지고 모르는 결에 그것을 느낄 뿐이다. 산과 몸이 빈틈없
이 한데 어울린 것이다.

　눈에는 어느 결엔지 푸른 하늘이 물들었고, 피부에는 산 냄새
가 배었다. 바심*할 때의 짚북데기*보다도 부드러운 나뭇잎—
여러 자 깊이로 쌓이고 쌓인 깨금잎, 가랑잎, 떡갈잎의 부드러
운 보료* 속에 몸을 파묻고 있으면 몸뚱어리가 마치 땅에서 솟
아난 한 포기의 나무와도 같은 느낌이다. 소나무, 참나무, 총중*
의 한 대의 나무다. 두 발은 뿌리요, 두 팔은 가지다. 살을 베이

면 피 대신에 나뭇진이 흐를 듯하다. 잠자코 섰는 나무들의 주고받는 은근한 말을, 나뭇가지의 고갯짓하는 뜻을, 나뭇잎의 소곤거리는 속심을 총중의 한 포기로서 넉넉히 짐작할 수 있다.

해가 쪼일 때에 즐겨 하고, 바람 불 때 농탕치고, 날 흐릴 때 얼굴을 찡그리는 나무들의 풍속과 비밀을 역력히 번역해낼 수 있다. 몸은 한 포기의 나무다.

별안간 부드득 솟아오르는 힘을 느끼고 중실은 벌떡 뛰어 일어났다. 쭉 펴는 네 활개에 힘이 뻗쳐 금시에 그대로 하늘에라도 오를 듯싶다. 넘치는 힘을 보낼 곳 없어 할 수 없이 입을 크게 벌리고 하늘이 울려라 고함을 쳤다. 땅에서 솟는 산 정기의 힘차고 단순한 목소리다. 산이 대답하고 나뭇가지가 고갯짓한다. 또 하나 그 소리에 대답한 것은 맞은편 산허리에서 불시에 푸드득 날아 뜨는 한 자웅의 꿩이었다. 살찐 까투리의 꽁지를 물고 나는 장끼의 오색 날개가 맑은 하늘에 찬란하게 빛났다.

살찐 꿩을 보고 중실은 문득 배가 허출함을 깨달았다. 아래편 골짜기 개울 옆에 간직해 둔 노루 고기와 가랑잎새에 싸 둔 개꿀이 있음을 생각하고 다시 낫을 집어들었다.

첫참 때까지는 한 짐을 채워 놓아야 파장되기 전에 읍내에 다다르겠고, 팔아 가지고는 어둡기 전에 다시 산으로 돌아와야 할 것이다. 한참 쉰 뒤라 팔에는 기운이 남았다. 버스럭거리는 나

풋잎 소리가 품 안에 요란하고, 맑은 기운이 몸을 한바탕 먹 감긴 것 같다. 산은 마을보다 몇 갑절 살기가 좋은가. 산에 들어오기를 잘했다고 중실은 생각하였다.

2

세상에 머슴살이같이 잇속 적은 생업은 없다.

싸울래 싸운 것이 아니라 김 영감 편에서 투정을 건 셈이다. 지금 와 보면 처음부터 쫓아낼 의사였던 것이 확실하다. 중실은 머슴 산 지 칠 년에 아무것도 쥔 것 없이 맨주먹으로 살던 집에서 쫓겨났다. 원통은 하였으나 애통하지는 않았다.

해마다 사경*을 또박또박 받아 본 일이 없다. 옷 한 벌 버젓하게 얻어 입은 적도 없다. 명절에는 놀이할 돈도 푼푼이 없이 늘 개보름 쇠듯 하였다.

장가 들고 집 사고 살림을 내준다던 것도 헛소리였다. 첩을 건드렸다는 생뚱 같은* 다짐이었으나, 그것은 처음부터 계책한 억지요, 졸색의 둥글개* 따위에는 손댈 염도 없었던 것이다. 빨래하러 갔던 첩과 동구 밖에서 마주쳐 나뭇짐을 지고 앞서고 뒷서서 돌아왔다고 의심받을 법은 없다. 첩과 수상한 놈팽이는 도

리어 다른 곳에 있는 것을 애매한 중실에게 엉뚱한 분풀이가 돌아온 셈이었다. 가살스런* 첩의 행실을 휘어잡지 못하고 늘그막판에 속 태우는 영감의 신세가 하기는 가엾기는 하다. 더욱 엉클어질 앞날을 생각하고 중실은 차라리 하직하고 나온 것이었다.

넓은 하늘 밑에서도 갈 곳이 없다. 제일 친한 곳이 늘 나무하러 가던 산이었다. 짚북데기보다도 부드러운 두툼한 나뭇잎의 맛이 생각났다. 그 넓은 세상은 사람을 배반할 것 같지는 않았다. 빈 지게만을 걸머지고 산으로 들어갔다. 그 속에서 얼마 동안이나 견딜 수 있을까가 한 시험도 되었다.

박중골에서도 오 리나 들어간, 마을과 사람과는 인연이 먼 산협이다. 산등이 펑퍼짐하고, 양지 쪽에 해가 잘 쪼이고, 골짜기에 개울이 흐르고, 개울가에 나무 열매가 지천으로 열려 있는 곳이다. 양지 쪽에서는 나무하러 왔다 낮잠을 잔 적도 여러 번이었다. 개울가에 불을 피우고 밭에서 뜯어 온 옥수수 이삭을 구웠다. 수풀 속에서 찾은 으름과 나뭇가지에 익어 시든 아그배*와 산사*로 배가 불렀다. 나뭇잎을 모아 그 속에 푹 파고든 잠자리도 그다지 춥지는 않았다.

이튿날 산을 헤매다가 공교롭게도 주영나무 가지에 야트막하게 달린 벌집을 찾아냈다. 담배 연기를 피워 벌 떼를 어지러뜨

리고 감쪽같이 집을 들어냈다. 속에는 맑은 꿀이 차 있었다. 사람은 살게 마련인 듯싶었다. 꿀은 조금으로도 요기가 되었다. 개와 함께 여러 날 양식이 되었다.

꿀이 다 떨어지지도 않은 그저께 밤에는 맞은편 심산에 산불이 보였다. 백일홍같이 새빨간 불꽃이 어둠 속에 가깝게 솟아올랐다. 낮부터 타기 시작한 것이 밤에 들어가서 겨우 알려진 것이다. 누에에게 먹히는 뽕잎같이 아물아물해지는 것 같으나, 기실은 한자리에서 아롱아롱 타는 것이었다. 아귀의 혀끝같이 널름거리는 불꽃이 세상에도 아름다웠다. 울 밑의 꽃보다도, 비단결보다도, 무지개보다도, 맨드라미보다도 곱고 장하다.

중실은 알 수 없이 신이 나서 몽둥이를 들고 산등을 달아오르고 골짜기를 건너 불붙는 곳으로 끌려 들어갔다. 가깝게 보이던 것과는 딴판으로 꽤 멀었다. 불은 산등에서 산등으로 둘러붙어 골짜기로 타 내려갔다. 화기가 확확 끼쳐 가까이 갈 수 없었다. 후끈후끈 무더웠다. 나무 뿌리가 탁탁 튀며 땅이 쩽쩽 울렸다. 민출한* 자작나무는 가지가지에 불이 피어 올라 한 포기의 산호수 같은 불나무로 변하였다. 헛되이 타는 모두가 아까웠다. 중실은 어쩌는 수 없이 몽둥이를 쓸데없이 휘두르며 불 테두리를 빙빙 돌 뿐이었다. 불은 힘에 부치는 것이었다.

확실히 간 보람은 있었다. 그슬려진 노루 한 마리를 얻은 것이

다. 불 테두리를 뚫고 나오지 못한 노루는 산골짜기에서 뱅뱅 돌다 결국 불벼락을 맞은 것이다. 물론 그것을 얻은 때는 불도 거의 다 탄 새벽녘이었으나, 외로운 짐승이 몹시 가여웠다. 그러나 이미 죽은 후의 고기라 중실은 그것을 짊어지고 산으로 돌아갔다. 사람을 살리자는 산의 뜻이라고 비위 좋게 생각하면 그만이었다. 여러 날 동안의 흐뭇한 양식이 되었다. 다만 한 가지 그리운 것이 있었다. 짠맛―소금이었다. 사람은 그립지 않으나 소금이 그리웠다. 그것을 얻자는 생각으로만 마을이 그리웠다.

3

힘 자라는 데까지 졌다.

이십 리 길을 부지런히 걸으려니 잔등에 땀이 내뱄다. 걸음을 따라 나뭇짐이 휘청휘청 앞으로 휘었다.

간신히 파장 전에 장에 다다랐다.

나무를 팔 때의 마음이 이 날같이 즐거운 적은 없었다. 물건을 살 때의 마음도 이 날같이 즐거운 적은 없었다. 그것은 짜장* 필요한 물건이기 때문이다.

나무 판 돈으로 중실은 감자 말과 좁쌀 되와 소금과 냄비를 샀다.

　산 속의 호젓한 살림에는 이것으로써 족하리라고 생각되었다. 목숨을 이어 가는 데 해어(海魚)*쯤이 없으면 어떨까도 생각되었다.

　올 때보다 짐이 단출하여 지게가 가벼웠다. 거리의 살림은 전과 다름없이 어수선하고 지지 부레하였다.* 더 나아진 것도 없으려니와 못 해진 것도 없다. 술집 골방에서 왁자지껄하게 싸우는 것도 전과 다름없다.

　이상스러운 것은 그런 거리의 살림살이가 도무지 마음을 당기지 않는 것이다. 앙상한 사람들의 얼굴이 그다지 그리운 것이 아니었다.

　무슨 까닭으로 산이 이렇게도 그리울까. 편벽된 마음을 의심도 하여 보았다. 그러나 별로 이치도 없었다. 덮어놓고 양지 쪽이 좋고, 자작나무가 눈에 들고, 떡갈잎이 마음을 끄는 것이다. 평생 산에서 살도록 태어났는지도 모른다.

　김 영감의 그후의 소식은 물어낼 필요도 없었으나, 거리에서 만난 박 서방 입에서 우연히 한 구절 얻어 듣게 되었다.

　병든 등글개첩은 기어코 김 영감의 눈을 감춰 최 서기와 줄행랑을 놓았다. 종적을 수색중이나 아직도 오리 무중이라 한다.

　사랑방에서 고시랑고시랑 잠을 못 이룰 육십 노인의 꼴이 측은하게 눈에 떠올랐다. 애매한 머슴을 내쫓았음을 뉘우치리라

고도 생각되었다. 그러나 중실에게는 물론 다시 살러 들어갈 뜻
도, 노인을 위로하고 싶은 친절도 가지기 싫었다. 다만 거리의
살림이라는 것이 더 한층 어수선하게 여겨질 뿐이었다.

산으로 향하는 저녁 길이 한결 개운하다.

4

개울가에 냄비를 걸고 서투른 솜씨로 지은 저녁을 마쳤을 때
에는 밤이 적이 어두웠다.

깊은 하늘에 별이 총총 돋고 초승달이 나뭇가지를 올가미 지
웠다.

새들도 깃들이고, 바람도 자고, 개울물만이 쫄쫄쫄쫄 숨쉰다.
검은 산등은 잠든 황소다.

등걸불*이 탁탁 튄다. 나뭇잎 타는 냄새가 몸을 휩싸며 구수
하다. 불을 쬐며 담배를 피우니 몸이 훈훈하다. 더 바랄 것 없이
마음이 만족스럽다.

한 가지 욕심이 솟아올랐다.

밥 짓는 일이란 사내가 할 일이 못 된다. 사내 자식은 역시 밭
갈고 나무 하는 것이 옳은 것이다. 장가를 들려면 이웃집 용녀

만한 색시는 없다. 용녀를 데려다 밥일을 맡길 수밖에는 없다고 생각하였다.

용녀를 생각만 하여도 즐겁다. 궁리가 차례차례로 솔솔 풀렸다.

굵은 나무를 베어다 껍질째 토막을 내 양지 쪽에 쌓아올려 단 칸의 조촐한 오두막을 짓겠다.

펑퍼짐한 산허리를 일궈 밭을 만들고 봄부터 감자와 귀리를 갈 작정이다. 오랍뜰*에 우리를 세우고 염소와 돼지와 닭을 칠 터. 산에서 노루를 산 채로 붙들면 우리 속에 같이 기르고, 용녀 가 집일을 하는 동안에 밭을 가꾸고 나무를 할 것이며, 아이를 낳으면 소같이, 산같이 튼튼하게 자라렷다. 용녀가 만약 말을 안 들으면 밤중에 내려가 가만히 업어 올걸. 한번 산에만 들어 오면 별수없지—.

불이 거의거의 스러지고 물 소리가 더 한층 맑다.

별들이 어지럽게 깜박거린다.

달이 다른 나뭇가지에 걸렸다.

나머지 등걸불을 발로 비벼 끄니 골짜기는 더 한층 막막하다.

어느 맘 때인지 산 속에서는 때도 분별할 수 없다.

자기가 이른지 늦은지도 모르면서 나무 밑 잠자리로 향하였다.

　낟가리같이 두두룩하게 쌓인 낙엽 속에 몸을 송두리째 파묻고 얼굴만을 빼꼼히 내놓았다.

　몸이 차차 푸근하여 온다.

　하늘의 별이 와르르 얼굴 위에 쏟아질 듯싶게 가까웠다 멀어졌다 한다.

　별 하나 나 하나, 별 둘 나 둘, 별 셋 나 셋—.

　어느 결엔지 별을 세고 있었다. 눈이 아물아물하고 입이 뒤바뀌어 수효가 틀려지면 다시 목소리를 높여 처음부터 고쳐 세곤 하였다.

　별 하나 나 하나, 별 둘 나 둘, 별 셋 나 셋—.

　세는 동안에 중실은 제 몸이 스스로 별이 됨을 느꼈다.

이효석 대표 소설

들

나 혼자에 대하여, 혹은 문수와 관련된 여러 가지 질문을 받았다. 사흘 밤을 지새우고 쉽게 나왔으나 문수는 소식이 없다. 오랠 것 같다. 여러 가지 재미있는 여름의 계획도 세웠으나 혼자서는 하릴없다. 가졌던 동무를 잃었을 때의 고독이란 큰 것이다.

들

1

꽃다지, 질경이, 냉이, 딸장이, 민들레, 솔구장이, 쇠민장이, 길오장이, 달래, 무릇, 시금치, 씀바귀, 돌나물, 비름, 능쟁이.

들은 온통 초록빛으로 덮여 벌써 한 조각의 흙빛도 찾아볼 수 없다. 초록의 바다.

초록은 흙빛보다 찬란하고 눈빛보다 복잡하다.

눈이 보얗게 깔렸을 때에는 흰빛과 능금나무의 자줏빛과 그림자의 옥빛밖에는 없어 단순하게 옷 벗은 여인의 나체와 같은 것이—봄은 옷 입고 치장한 여인이다.

흙빛에서 초록으로—이 기막힌 신비에 다시 한 번 놀라 볼 필요가 없을까. 땅은 어디서 어느 때 그렇게 많은 물감을 먹었기에 봄이 되면 한꺼번에 그것을 이렇게 지천으로 뱉어 놓을까. 바닷물을 고래같이 들이켰던가. 하늘의 푸른 정기를 모르는 결에 함빡 마셔 두었던가. 그것을 빗물에 풀어 시절이 되면 땅 위로 솟쳐 보내는 것일까.

그러나 한 포기의 풀을 뽑아 볼 때 잎새만이 푸를 뿐이지 뿌리와 흙에는 아무 물들인 자취도 없음은 웬일일까. 시험관 속 붉은 물에 약품을 넣으면—그것이 금시에 새파랗게 변하는 비밀—그것과도 흡사하다. 이 우주의 비밀의 약품—그것은 결국 알 바 없

을까. 한 톨의 보리알이 열 낱으로 나는 이치를 가르치는 이 있어
도 그 보리알에서 푸른 잎이 돋는 조화의 동기는 옳게 말하는 이
없는 듯하다.

　사람의 지혜란 결국 신비의 테두리를 뱅뱅 돌 뿐이요, 조화의
속의 속은 언제까지나 열리지 않는 판도라의 상자일 듯싶다. 초
록 풀에 덮인 땅 속의 뜻은 초록 옷을 입은 여자의 마음과도 같이
엿볼 수 없는 저 건너 세상이다.

　얀들얀들 나부끼는 초목의 양자는 부드럽게 솟는 음악. 줄기
는 굵고 잎은 연한 멜로디의 마디마디이다. 부피 있는 대궁은
나팔 소리요, 가는 가지는 거문고의 음률이라고도 할까. 알레그
로 지나고 안단테에 들어갔을 때의 감동—그것이 봄의 걸음이
다. 풀 위에 누워 있으면 은근한 음악의 율동에 끌려 마음이 너
볏너볏* 나부낀다.

　꽃다지, 질경이, 민들레…… 가지가지 풋나물들을 뜯어 먹으
면 몸이 초록으로 물들 것 같다. 물들어야 옳을 것 같다. 물들지
않음이 거짓말이다. 물들지 않으면 안 될 것 같다.

　새가 지저귄다. 꾀꼬리일까.

　지평선이 아롱거린다.

　들은 내 세상이다.

2

언제까지든지 푸른 하늘을 우러러보고 있으면 나중에는 현기증이 나며 눈이 둘러 빠질 듯싶다. 두 눈을 뽑아서 푸른 물에 채웠다가 라무네* 병 속의 구슬같이 차진 놈을 다시 살 속에 박아 넣은 것과도 같이 눈망울이 차고 어리어리하고 푸른 듯하다. 살과는 동떨어진 유리알이다. 그렇게 하늘은 맑고 멀다. 눈이 아픈 것은 그 하늘을 발칙하게도 오랫동안 우러러본 벌인 듯싶다. 확실히 마음이 죄송스럽다. 반나절 동안 두려움 없이 하늘을 똑바로 쳐다볼 수 있는 사람이란 세상에서도 가장 착한 사람이거나 그렇지 않으면 가장 용기 있는 악한이어야 할 것이다.

그렇게도 푸른 하늘은 거룩하다.

눈을 돌리면 눈물이 푹 쏟아진다. 벌판이 새파랗게 물들어 눈앞에 아물아물한다. 이런 때에는 웬일인지 구름 한 점도 없다. 곁에는 한 묶음의 꽃이 있다. 오랑캐꽃, 고들빼기, 노고초, 새고사리, 가지무릇, 대계, 마타리, 차치광이. 나는 그것들을 섞어 틀어 꽃다발을 겯기* 시작한다. 각색 꽃판과 꽃술이 무릎 위에 지천으로 떨어진다. 그것은 헤어지는 석류알보다도 많다.

나는 들이 언제부터 좋아졌는지를 모른다. 지금에는 한 그릇의 밥, 한 권의 책과 똑같은 지위를 마음속에 차지하게 되었다.

책에서 읽은 이론도 아니요, 얻어 들은 이치도 아니요, 몇 해 동안 하는 일 없이 들과 벗하고 지내는 동안에 이유 없이 그것은 살림 속에 푹 젖었던 것이다.

어릴 때에 동무들과 벌판을 헤매며 찔레를 꺾으러 가시덤불 속에 들어가고, 쇠똥버섯을 따다 화로 속에 굽고, 게를 캐러 밭이랑을 들치며 골로 말을 만들어 끌고 다니느라고 집에서보다도 들에서 더 많이 날을 지우던—그때가 다시 부활하여 돌아온 셈이다. 사람은 들과 뗄래야 뗄 수 없는 인연이 있는 것 같다.

자연과 벗하게 됨은 생활에서의 퇴각을 의미하는 것일까. 식물적 애정은 반드시 동물적 열정이 진한 곳에 오는 것일까. 학교에서 쫓겨나고 서울을 물러오게 된 까닭으로 자연을 사랑하게 된 것일까. 그러나 동무들과 골방에서 만나고, 눈을 기어 거리를 돌아치다 붙들리고 뛰다 잡히고 쫓기고—하였을 때의 열정이나 지금에 들을 사랑하는 열정이나 일반이다. 지금의 이 기쁨은 그때의 그 기쁨과도 흡사한 것이다.

신념에 목숨을 바치는 영웅이라고 인간 이상이 아닌 것과 같이 들을 사랑하는 졸부라고 인간 이하는 아닐 것이다. 아직도 굳은 신념을 가지면서 지난날에 보던 책들을 들척거리다가도 문득 정신을 놓고 의미없이 하늘을 우러러보는 때가 많다.

"학보, 이제는 고향이 마음에 붙은 모양이지?"

마을 사람들은 조롱도 아니요, 치사도 아닌 이런 말을 던지게 되었고, 동구 밖에서 만나는 이웃집 머슴은 인사 대신에 흔히,

"해동지 늪에 붕어 떼 많던가?"

고기 사냥 갈 궁리나 하거나 그렇지 않으면,

"십리정 보리, 고개 숙였던가?"

하고 곡식의 소식을 묻게 되었다.

마을 사람들보다도 내가 더 들과 친하고 곡식의 소식을 잘 알게 된 증거이다.

나는 책을 외우듯이 벌판의 구석구석을 샅샅이 외우고 있다. 마음속에는 들의 지도가 세밀히 박혀 있고, 사철의 변화가 표같이 적혀 있다. 나는 들사람이요, 들은 내 것과도 같다.

어느 논두렁의 청대콩이 가장 진미이며, 어느 이랑의 감자가 제일 굵다는 것을 알 수 있다. 새발고사리가 많이 피어 있는 진펄*과 종달새 뜨는 보리밭을 짐작할 수 있다. 남대천 어느 모퉁이를 돌 때 가장 고기가 흔하다는 것도 알게 되었다. 개리, 쇠리, 불거지가 득실득실 끓는 여울과 메기, 뚜구뱅이가 잠겨 있는 웅덩이와 쏘가리, 꺽지가 누워 있는 바위 밑과—매재와 고들매기를 잡으려면 철교께서도 몇 마장*을 더 올라가야 한다는 것과 쇠치네와 기름종개를 뜨려면 얼마나 벌판을 나가야 될 것을 안다. 물 건너 귀룽나무 수풀과 방치골 으름덩굴 있는 곳을 아

는 것은 아마도 나뿐일 듯싶다.

학교를 퇴학맞고 처음으로 도회에서 쫓겨 내려왔을 때에 첫걸음으로 찾은 곳은 일가집도 아니요, 동무집도 아니요, 실로 이들이었다. 강가의 사시나무가 제대로 있고, 버들 숲 둔덕의 잔디가 헐리지 않았으며, 과수원의 모습이 그대로 남은 것을 보았을 때의 기쁨이란 형언할 수 없이 큰 것이었다.

고향을 그리워하는 마음이란 곧 산천을 사랑하고 벌판을 반가워하는 심정이 아닐까. 이런 자연의 풍경을 내놓고야 고향의 그림자가 어디에 알뜰히 남아 있는가. 헐려 가는 초가 지붕에 남아 있단 말인가. 고향을 꾸미는 것은 사람이면서도 그리운 것은 더 많이 들과 시냇물이다.

3

시절은 만물을 허랑하게* 만드는 듯하다.

짐승은 드러내 놓고 모든 것을 들의 품속에 맡긴다.

새 풀숲에서 새 둥우리를 발견한 것을 나는 알 수 없이 기쁘게 여겼다. 거룩한 것을—아름다운 것을—찾은 느낌이다. 집과 가족들을 송두리째 안심하고 땅에 맡기는 마음씨가 거룩하다. 풀

과 깃을 모아 두툼하게 결은* 둥우리 안에는 아직 까지 않은 알이 너더 알 들어 있다. 아롱아롱 줄이 선 풋대추만큼씩한 새알. 막 뛰어나려는 생명을 침착하게 간직하고 있는 얇은 껍질—금세 딸깍 두 조각으로 깨뜨려질 모태—창조의 보금자리!

그 고요한 보금자리가 행여나 놀라고 어지럽혀질까를 두려워하여 둥우리 기슭에 손가락 하나 대기조차 주저되어, 나는 다만 한참 동안이나 물끄러미 바라보고 섰다가 풀포기를 제대로 덮어놓고 감쪽같이 발을 옮겨 놓았다. 금시에 알이 쪼개지며 생명이 돋아날 듯싶다. 등 뒤에서 새가 푸드득 날아들 것 같다. 적막을 깨뜨리고 하늘과 들을 놀라게 하며 푸드득 날았다! 생각에 마음이 즐겁다.

그렇게 늦게 까는 것이 무슨 새일까. 청새일까. 덤불지일까. 고요하게 뛰노는 기쁜 마음을 걷잡을 수 없어 목소리를 내서 노래라도 부를까, 느끼며 둑 아래로 발을 옮겨 놓으려다 문득 주춤하고 서 버렸다.

맹랑한 것이 눈에 띈 까닭이다. 껄껄 웃고 싶은 것을 참고 풀위에 주저앉았다. 그 웃고 싶은 마음은 노래라도 부르고 싶던 마음의 연장인지도 모른다. 다시 말하면 그 맹랑한 풍경이 나의 마음을 결코 노엽게 하거나 모욕한 것이 아니요, 도리어 아까와 똑같은 기쁨을 자아냈다. 마찬가지로 창조의 기쁨을 보여준 것

이다.

개울녘 풀밭에서 한 자웅*의 개가 장난치고 있는 것이다. 하늘을 겁내지 않고 들을 부끄러워하지 않고 사람의 눈을 꺼리는 법 없이 자웅은 터놓고 마음의 자유를 표현할 뿐이다.

부끄러운 것은 도리어 이쪽이다. 나는 얼굴을 붉히면서 대중 없이 오랫동안 그 요절할 광경을 바라보기가 몹시도 겸연쩍었다. 확실히 시절의 탓이다. 가령 추운 겨울에 벌판에서 나는 그런 장난을 목격한 적이 없다. 역시 들이 푸를 때 새가 늦은 알을 깔 때 자웅도 농탕 치는 것이다. 나는 그 광경을 성내거나 비웃어서는 안 되었다.

보고 있는 동안에 어디서부터인지 자웅에게로 돌멩이가 날아들었다. 킬킬킬킬 웃음소리가 나며 두 번째 것이 날았다. 가뜩이나 몸이 떨어지지 않는 자웅은 그제서야 겁을 먹고 흘금흘금 눈을 굴리며 어색한 걸음으로 주체스런* 두 몸을 비틀거렸다.

나는 나 이외의 그 광경을 그때까지 은근히 바라보고 있던 또 한 사람이 부근에 숨어 있음을 비로소 알고 더 한층 부끄러운 생각이 와락 나며 숨도 크게 못 쉬고 인기척을 죽이고 잠자코만 있을 수밖에는 없었다.

세 번째 돌멩이가 날리더니 이윽고 호담스런* 웃음소리가 왈칵 터지며 아래편 숲 속에서 사람의 그림자가 덥석 뛰어나왔다.

빨래 함지를 인 채 한 손으로는 연해 자웅을 쫓으면서 어깨를 떨며 웃음을 금할 수 없다는 자세였다.

그 돌연한 인물에 나는 놀랐다. 한편 엉겼던 마음이 풀리기도 하였다. 옥분이었다. 빨래를 하고 나자 그 광경임에 마음속은 미리 흠뻑 그것을 즐기고 난 뒤인 모양이었다. 그러나 나의 놀람보다도 옥분이가 문득 나를 보았을 때의 놀람—그것은 몇 갑절 더 큰 것이었다. 별안간 웃음을 뚝 그치고 주춤 서는 서슬*에 머리에 이었던 함지가 왈칵 떨어질 판이었다. 얼굴의 표정이 삽시간에 검붉게 질려 굳어졌다. 눈알이 땅을 향하고, 한편 손이 어쩔 줄 몰라 행주치마를 의미 없이 꼬깃거렸다.

별안간 깊은 구렁이에 빠진 것과도 같은 그의 궁박한 처지와 덴 마음을 건져 주기 위하여, 나는 마음에도 없는 목소리를 일부러 자아내어 관대한 웃음을 한바탕 웃으면서 그의 곁으로 내려갔다.

"빌어먹을 짐승들."

마음에도 없는 책망이었으나 옥분의 마음을 풀어 주자는 뜻이었다.

"득추 녀석쯤이 너를 싫달 법 있니. 주제넘은 녀석."

이어 다짜고짜로 그의 일신의 이야기를 집어낸 것은 그의 주의를 다른 곳으로 돌리자는 생각이었다.

　군청 고원 득추는 일껏* 옥분과 성혼이 된 것을 이제 와서 마다고 투정을 내고 다른 색시감을 구하였다. 옥분의 가세가 빈한하여 들고날 판이므로 혼인한 뒤에 닥쳐올 여러 가지 귀찮은 거래를 염려하여 파혼한 것이 확실하다. 득추의 그런 꾀바른 마음씨를 나무라는 것은 나뿐이 아니었다. 마을 사람들은 거개* 고원의 불신을 책하였다.

　"배반을 당하고 분하지도 않으냐?"

　"모른다."

　옥분은 도리어 짜증을 내며 발을 떼놓았다.

　"그 녀석 한번 해내* 줄까."

　웬일인지 그에게로 쏠리는 동정을 금할 수 없다.

　"쓸데없는 짓 할 것 있니?"

　동정의 눈치를 알면서도 시치미를 떼는 옥분의 마음씨에는 말할 수 없이 그윽한 것이 있어 그것이 은연중에 마음을 당긴다.

　눈앞에 멀어지는 그의 민출한 자태가 가슴속에 새겨진다.

　검은 치마폭 밑으로 드러난 불그레한 늘큿한* 두 다리—자작나무보다도 더 아름다운 것—헐벗기 때문에 한결 빛나는 것, 세상에서도 가지고 싶은 탐나는 것이다.

4

일요일인 까닭에 오래간만에 문수와 함께 둑 위에서 하루를 보낼 수 있었다. 날마다 거리의 학교에 가야 하는 그를 자주 붙들어낼 수는 없다. 일요일이 없는 나에게도 일요일이 있는 것이다.

바다를 바라볼 수 있는 둑에 오르면 마음이 활짝 열리는 듯이 시원하다. 바닷바람이 아직 조금 차기는 하나 신선한 맛이다.

잔디밭에는 간간이 피지 않은 해당화 봉오리가 조출하게 섞였으며, 둑 맞은편에 군데군데 모여선 백양나무 잎새가 햇빛에 반짝반짝 나부껴 은가루를 뿌린 것 같다.

문수는 빌려 갔던 몇 권의 책을 돌려 주고 표해 두었던 몇 구절의 뜻을 질문하였다. 나는 그에게는 하루의 선배인 것이다. 돈독하게 뛰어 주는* 것이 즐거운 의무도 되었다.

공부가 끝난 다음 책을 덮어 두고 잡담에 들어갔을 때에 문수는 탄식하는 어조였다.

"학교가 점점 틀려 가는 모양이다."

구체적 실례를 가지가지 들고 나중에는 그 한 사람의 협착한* 처지를 말하였다.

"책 읽는 것까지 들켰네. 자네 책도 빼앗길 뻔했어."

짐작되었다.

"나와 사귀는 것이 불리하지 않은가?"

"자네 걸은 길대로 되어 나가는 것이 뻔하지. 차라리 그 편이 시원하겠네."

너무 궁박한* 현실 이야기만도 멋없어 두 사람은 무릎을 툭 털고 일어서 기분을 가다듬고 노래를 불렀다. 아는 말, 아는 곡조를 모조리 불렀다.

노래가 진하면 번갈아 서서 연설하였다. 눈앞에 수많은 대중을 가상하고 목소리를 다하여 부르짖어 본다. 바닷물이 수물거리나 어쩌나, 새들이 놀라서 떨어지나 어쩌나를 시험하려는 듯이 드높게 고함쳐 본다. 박수하는 사람의 수만의 대중 대신에 한 사람의 동무일 뿐이다. 지껄이는 동안에 정신이 흥분되고 통쾌하여 간다. 훌륭한 공부이며 단련이다.

협착한 땅 위에 그렇게 자유로운 벌판이 있음이 새삼스러운 놀람이다. 아무리 자유로운 말을 외쳐도 거기에서만은 '중지'를 당하는 법이 없으니까 말이다. 땅 위는 좁으면서도 넓은 셈인가.

둑은 속 풀리는 시원한 곳이며, 문수와 보내는 하루는 언제든지 다시 없이 즐거운 날이다.

5

　과수원 철망 너머로 엿보이는 철 늦은 딸기―잎새 사이로 불
긋불긋 돋아난 송이 굵은 양딸기―지날 때마다 건강한 식욕을
참을 수 없다.

　더구나 달빛에 젖은 딸기의 양자*란 마치 크림을 끼얹은 것과
도 같이 한층 부드럽게 빛난다.

　탐나는 열매에 눈독을 보내며 철망을 넘기에 나는 반드시 가
책과 반성으로 모질게 마음을 매질하지는 않았으며 그럴 필요
도 없었다. 그것이 누구의 과수원이든간에 철망을 넘는 것은 차
라리 들사람의 일종의 성격이 아닐까. 들사람은 또 한편 그것을
용납하고 묵인하는 아량도 가지고 있는 것이다. 나는 몇 해 동
안에 완전히 이 야취*의 성격을 얻어 버린 것 같다.

　흐뭇한 송이를 정신없이 따서 입에 넣으면서도 철망 밖에서
다만 탐내고 보기만 할 때보다 한층 높은 감동을 느끼지 못하게
됨은 도리어 웬일일까. 입의 감동이 눈의 감동보다 떨어지는 탓
일까. 생각만 할 때의 감동이 실상 당하였을 때의 감동보다 항
용 더 나은 까닭일까. 나의 욕심을 만족시키기에는 불과 몇 송
이의 딸기가 필요할 뿐이었다. 차라리 벌판에 지천으로 열려 언
제든지 딸 수 있는 들딸기 편이 과수원 안의 양딸기보다 나음을

생각하며 나는 다시 철망을 넘었다.

멍석딸기, 중딸기, 나무딸기, 장딸기, 감대딸기, 곰딸기, 닷딸기, 배암딸기……

능금나무 그늘에 난데없는 사람의 그림자를 발견하자, 황급히 뛰어넘다 철망에 걸려 나는 옷을 찢겼다. 그러나 옷보다도 행여나 들키지 않았나 하는 염려가 앞서 허둥지둥 풀 속을 뛰다가 또 공교롭게도 그가 옥분임을 알고 마음이 일시에 턱 놓였다. 그 역시 딸기밭을 노리고 있던 터가 아닐까. 철망 기슭을 기웃거리며 능금나무 아래 몸을 간직하고 있지 않았던가.

언제인가 개천 둑에서 기묘하게 만난 후 두 번째의 공교로운 만남임을 이상하게 여기고 있는 동안에 마음이 퍽이나 헐하게 놓여졌다. 가까이 가서 시룽시룽* 말을 건 것도 그리 어색하지 않고 도리어 자연스러웠다. 그 역시 스스러워하지* 않고 수월하게 말을 받고 대답하고 하였다.

전날의 기묘한 만남이 확실히 두 사람의 마음을 방긋이 열어 놓은 것 같다.

"딸기 따 줄까?"

"무서워."

그의 떨리는 목소리가 왜 그리도 나의 마음을 끌었는지 모른다. 나는 떨리는 그의 팔을 붙들고 풀밭을 지나 버드나무 숲 속

으로 들어갔다. 그의 입술은 딸기보다도 더 붉다. 확실히 그는
딸기 이상의 유혹이었다.

"무서워."

"무섭긴."

하고 달래기는 하였으나 기실 딸기를 훔치러 철망을 넘을 때와
똑같이 가슴이 후둑후둑 떨림을 어쩌는 수 없었다. 버드나무 잎
새 사이로 달빛이 가늘게 새어들었다. 옥분은 굳이 거역하려고
하지 않았다.

양딸기 맛이 아니요, 확실히 들딸기 맛이었다. 멍석딸기, 나무
딸기의 신선한 감각에 마음은 흐뭇이 찼다.

아무리 야취의 습관에 젖었기로 철망 너머 딸기를 딸 때와 마
찬가지로 아무 가책도 반성도 없었던가. 벌판에서 장난치던 한
자웅의 짐승과 같지 않은가. 그것이 바른가, 그래서 옳을까 하
는 한 줄기의 곧은 생각이 한결같이 뻗쳐 오름을 억제할 수는
없었다. 결국 마지막 판단은 누가 옳게 내릴 수 있을까.

6

며칠이 지나도 여전히 귀찮은 생각이 머릿속에 뱅 돈다. 어수

선한 마음을 활짝 씻어 버릴 양으로 아침부터 그물을 들고 집을 나섰다.

그물을 후릴 곳을 찾으면서 남대천 물줄기를 따라 올라간 것이 시적시적 걷는 동안에 어느덧 철교께서도 근 십 리를 올라가게 되었다. 아무 고기나 닥치는 대로 잡으려던 것이 그렇게 되고 보니 불현듯이 고들매기를 후려 볼 욕심이 솟았다.

고기 사냥 중에서도 가장 운치 있고 흥 있는 고들매기 사냥에 나는 몇 번인지 성공한 일이 있어 그 호젓한 멋을 잘 안다.

그 중 많이 모여 있을 듯이 보이는 그럴 듯한 여울을 점쳐 첫 그물을 던져 보기로 하였다.

산 속에 오막하게 둘러싸인 개울―물도 맑거니와 물 소리도 맑다. 돌을 굴리는 여울 소리가 티끌 한 점 있을 리 없는 공기와 초목을 영롱하게 울린다. 물 속에서 노는 고기는 산신령이 아닐까.

옷을 활짝 벗어부치고 그물을 메고 물 속에 뛰어들었다. 넉넉히 목욕을 할 시절임에도 워낙 산골 물이라 뼈에 차다. 마음이 한꺼번에 씻겨졌다기보다도 도리어 얼어붙을 지경이다. 며칠 내내 어수선하던 생각이 확실히 덜해지고 날아갔다고 할까. 그러나 그러면서도 마지막 한 가지 생각이 아직도 철사같이 가늘게 꿰뚫고 흐름을 속일 수는 없었다.

(사람의 사이란 그렇게 수월할까.)

옥분과의 그날 밤 인연이 어처구니없게 쉽사리 맺어진 것이
도리어 의심쩍은 것이었다.

아무 마음의 거래도 없던 것이 달빛과 딸기의 꾐을 받아 그때
그 자리에서 금방 응낙이 되다니. 항용 거기에 이르기까지의 두
사람의 마음의 교섭이란, 이야기 속에서 읽을 때에는 기막히게
장황하고 지리한 것이었는데, 그것이 그렇게 수월할 리 있을까.
들 복판에서는 수월한 법일까.

(책임 문제는 생기지 않는가.)

생각은 다시 솔솔 풀린다. 물이 찰수록 생각도 점점 차게만 들
어간다.

물이 다리목을 넘게 되었을 때, 그쯤에서 한 홀기* 던져 보려
고 그물을 펴들고 물 속을 가늠해 보았다. 속물이 꽤 세어 다리
를 훑친다. 물때 낀 돌멩이가 몹시 미끄러워 마음대로 발을 디
딜 수 없다. 누르칙칙한 물 속이 정확히 보이지 않는다. 몇 걸음
아래편은 바위요, 바위 아래는 소*가 되어 있다.

그물을 던질 때의 호흡이란, 마치 활을 쏠 때의 그것과도 같이
미묘한 것이어서 일종의 통일된 정신과 긴장된 자세를 요구하
는 것임을 나는 경험으로 잘 안다. 그러면서도 그때 자칫하여
실수를 하게 된 것은, 필시 던지는 찰나까지도 통일되지 못한

마음이 어수선하고 정신이 까닥거렸음이* 확실하다.

몸이 휘뚱하고 휘더니, 횡하게 날아야 할 그물이 물 위에 떨어지자 어지럽게 흩어졌다. 발이 미끄러져 센 물결에 다리가 쏠리니까 그물은 손을 빠져 달아났다. 물 속에 넘어져 흐르는 몸을 아무리 버둥거려야 곧추* 일으키는 장사 없었다. 생각하면 기가 막히나, 별수없이 몸은 흐를 대로 흐르고야 말았다.

바위에 부딪쳐 기어이 소에 빠졌다. 거품을 날리는 폭포 속에 송두리째 푹 잠겼다가 휘엿이 솟으면서 푸른 물 속을 뱅 돌았다. 요행히 헤엄을 약간 칠 수 있었던 까닭에 많은 고생 없이 허우적거리며 소를 벗어날 수는 있었다.

면상과 어깻죽지에 몇 군데 상처가 있었다. 피가 돋았다. 다리에는 군데군데 시퍼렇게 멍이 들어 있음을 보았다. 잃어버린 그물은 어느 물줄기에 묻혀 흐르는지 알 바도 없거니와 찾을 용기도 없었다. 고들매기는 물론 한 마리도 손에 쥐어 보지 못하였다.

귀가 메이고 코에서는 켰던 물이 줄줄 흘렀다. 우연히 욕을 당하게 된 몸뚱어리를 훑어보며 나는 알 수 없는 부끄러움을 느꼈다. 별안간 옥분의 몸이—향기가 눈앞에 흘러왔다.

비밀을 가진 나의 몸이 다시 돌아보이며 한동안 부끄러운 생각이 쉽게 꺼지지 않았다.

7

문수는 기어이 학교에서 쫓겨났다. 기한 없는 정학 처분이었으나 영영 몰려난 것과 같은 결과이다. 덕분에 나도 빌려 주었던 책권을 영영 빼앗긴 셈이 되었다.

차라리 시원하다고 문수는 거드름을 피웠으나 시원하지 않은 것은 그의 집안 사람들이다. 들볶는 바람에 그는 집을 피하여 더 많이 나와 지내게 되었다.

원망의 물줄기는 나에게까지 튀어 왔다. 나는 애매하게도 그를 타락시켜 놓은 못된 놈으로 몰릴 수밖에 없었다.

별수없이 나날을 들과 벗하게 되었다. 나는 좋은 들의 동무를 얻은 셈이다.

풀밭에 서면 경주를 하고 시냇가에 서면 납작한 돌을 집어 물 위에 수제비를 띄우기가 일쑤다. 돌을 힘껏 던져 그것이 물 위를 뛰어가는 뜀수를 세는 것이다. 하나, 둘, 셋, 넷, 다섯, 여섯, 일곱, 여덟—이 최고 기록이다. 돌은 굴러갈수록 걸음이 좁아지고 빨라지다 나중에는 깜박 물 속에 꺼진다. 기차가 차차 멀어지고 작아지다 산모퉁이에 깜박 사라지는 것과도 같다. 재미있는 장난이다. 나는 몇 번이고 싫지 않게 돌을 집어 시험하는 것이었다.

팔이 축 처지게 되면 다시 기운을 내어 모래밭에 겨루고 서서

씨름을 한다. 힘이 비등하여 승패가 상반이다. 떠밀기도 하고
살바 씨름도 하고 잡아 낚기도 하고—다리걸이, 딴죽치기—기술
도 차차 늘어가는 것 같다.

　"세상에서 제일 장하고, 제일 크고, 제일 아름답고, 제일 훌륭
하고, 제일 바른 것이 무엇이냐?"

　되건 말건 수수께끼를 걸고,

　"힘이다."

하고 껄껄껄껄 웃으면 오장 육부가 물에 헤운 듯이 시원한 것이
다. 힘! 무슨 힘이든지 좋다. 씨름을 해가는 동안에 우리는 힘에
대한 인식을 한층 더 새롭혀 갔다. 조직의 힘도 장하거니와 그
것을 꾸미는 한 사람의 힘이 크다면 더 한층 아름다운 것이 아
닐까.

　8

　문수와 천렵*을 나섰다. 그물을 잃은 나는 하는 수 없이 족대*
를 들고 쇠치네* 사냥을 하러 시냇물을 훑어 내려갔다.

　벌판에 냄비를 걸고 뜬 고기를 끓이고 밥을 지었다.

　먹을 것이 거의 준비되었을 때 더운 판에 목욕을 하러 들어갔다.

땀을 씻고 때를 밀고는 깊은 곳에 들어가 물장구와 가댁질*이다.

어린아이 그대로의 순진한 마음이 방울방울 날리는 물방울과 함께 맑은 하늘을 뒤덮었다가는 쏟아지는 것이다.

물가에 나와 얼굴을 씻고 물을 말릴 때에 문수는 다따가*,

"어깨의 상처가 웬일인가?"

하고 나의 어깨의 군데군데를 가리켰다. 나는 뜨끔하면서 그때까지 완전히 잊고 있던 고들매기 사냥과 거기에 관련된 옥분과의 일이 생각났다.

어떻게 할까 망설이다가 그에게까지 기일* 바 못 되어 기어이 고기잡이 이야기와 함께 옥분과의 곡절을 은연중에 귀띔해 주었다.

이상한 것은 그의 태도였다.

"명예의 부상일세그려."

놀리고는 걱실걱실 웃는 것이다. 웃다가 문득 그치더니,

"이왕 말이 났으니, 나도 내 비밀을 게울 수밖에는 없게 되었네그려."

정색하고 말을 풀어냈다.

"옥분이……. 나도 그와는 남이 아니야."

어안이 벙벙한 나의 어깨를 치며,

"생각하면 득추와 파혼된 후부터는 달뜬* 마음이 허랑해진 모

양이데. 일종의 자포 자기야. 죽일 놈은 득추지. 옥분의 형편이
가엾기는 해."

　나에게는 이상한 감정이 솟아올랐다. 문수에 대하여 노염과
질투를 느끼는 대신에 도리어 일종의 안심과 감사를 느끼는 것
이었다. 괴롭던 체면이 모면된 것 같고 무거운 짐을 벗어 놓은
듯이 감정이 가벼워지고 엉겼던 마음이 풀리는 것이다. 이것은
교활하고 악한 마음보일까. 그러나 나를 단 한 사람으로 생각하
지 않는 옥분의 허랑한 태도에 해결의 열쇠는 있다. 그의 태도
가 마지막 책임을 져야 될 터이니까.

　"왜 말이 없나? 거짓말로 알아듣나? 자네가 버드나무 숲에서
만났다면 나는 풀밭에서 만났네."

　여전히 잠자코만 있으면서 나는 속으로 한결같이 들의 성격과
마술과도 같은 자연의 매력이라는 것을 생각하였다.

　얼마나 이야기가 장황하였던지 밥 타는 냄새가 코를 찔렀다.

9

무더운 날이 계속된다.

이런 때 마을은 더 한층 지내기 어렵고 역시 들이 한결 낫다.

낮은 낮으로 해두고 밤을—하룻밤을 온전히 들에서 보낸 적이 없다.

우리는 의논하고 하룻밤을 들에서 야영하기로 하였다.

들의 밤은 두려운 것일까—이런 의문도 있었기 때문이다.

이왕 의가 통한 후이니 이후로는 옥분이도 데려다가 세 사람이 일단의 '들의 아들'이 되었으면 하는 문수의 의견이었으나, 나는 그것을 일종의 악취미라고 배척하였다. 과거의 피차의 정의는 정의로 하여 두고 단체 생활에는 역시 두 사람이 적당하며 수효가 셋이면 어떤 경우에든지 반드시 찌울고 불안정하다는 의견을 가지고 있기 때문이다. 그러나 그것도 결국 나의 야성이 철저하지 못한 까닭이 아닐까.

어떻든 두 사람은 들 복판에서 해를 넘기고 어둡기를 기다리고 밤을 맞이하였다.

불을 피우고 이야기하였다.

이야기가 장황하기 때문에 불이 마저 스러질 때에는 마을의 등불도 벌써 다 꺼지고 개 짖는 소리도 수습된 뒤였다.

별만이 깜박거리고 바다 소리가 은은할 뿐이다.

어둠은 깊고 넓고 무한하다.

창조 이전의 혼돈의 세계는 이러하였을까.

무한한 적막—지구의 자전, 공전의 소리도 들리지 않는 것이다.

공포—두려움이란 어디서 오는 감정일까.

어둠에서도 적막에서도 오지는 않는다.

우리는 일부러 두려운 이야기, 무서운 이야기로 마음을 떠보았으나 그럴 듯한 새삼스러운 공포의 감정이라는 것은 솟지 않았다.

위에는 하늘이요, 아래는 풀이요, 주위에 어둠이 있을 뿐 결국 모두가 낮 동안의 계속이요, 연장이다.

몸에 소름이 돋는 법도, 마음이 떨리는 법도 없다.

서로 눈만 말똥거리다가 피곤하여 어느 결엔지 잠이 들어 버렸다.

단잠을 깨었을 때는 아침 해가 높은 후였다.

야영의 밤은 시원하였을 뿐이요, 공포의 새는 결국 잡지 못하였다.

10

그러나 공포는 왔다.

그것은 들에서 온 것이 아니요, 마을에서—사람에게서 왔다.

공포를 만드는 것은 자연이 아니요, 사람의 사회인 듯싶다.

문수가 돌연히 끌려간 것이다. 학교 사건의 뒷맺음인 듯하다.

이어 나도 들어가게 되었다.

나 혼자에 대하여, 혹은 문수와 관련된 여러 가지 질문을 받았다.

사흘 밤을 지새우고 쉽게 나왔으나 문수는 소식이 없다. 오랠 것 같다.

여러 가지 재미있는 여름의 계획도 세웠으나 혼자서는 하릴없다. 가졌던 동무를 잃었을 때의 고독이란 큰 것이다.

들에서 무료히 지내는 날이 많다.

심심 파적으로 옥분을 데려올까도 생각되나 여러 가지로 거리끼고 주체스런 일이다. 깨끗한 것이 좋을 것 같다.

별수없이 녀석이 하루라도 속히 나오기를 충심으로 바랄 뿐이다.

나오거든 풋콩을 실컷 구워 먹이고, 기름종개를 많이 떠 먹이고, 씨름해서 몸을 불려 줄 작정이다.

들에는 도라지꽃이 피고 개나리꽃이 장하다.

진펄의 새발고사리도 어느덧 활짝 피었다.

해오라기가 가끔 조촐한 자태로 물가에 내린다.

시절이 무르녹았다.

개살구

한때의 실책이었던지, 그렇지 않
으면 정이 벌어졌던 탓인지 그의 마음을 좀체
들여다볼 수 없었다. 늘 밖을 그리워하는 눈치
를 보아서는 마음속이 심상치 않은 것도 같았
기 때문이다. 집에 누운 채 얼굴과 다리의 상
처에는 약국에서 가져온 고약을 바르고 일변
보약을 달여 먹도록 시키기만 하고 형태는 아
직 한 번도 들여다보지는 않았으나, 서울집에
대한 의욕이 생길 때에는 불현듯이 정이 불꽃
같이 타오르며 그를 만나고 싶은 생각이 유연
히 솟아올랐다.

개살구

　서울집*을 항용 살구나뭇집이라고 부르는 것은 바로 집 뒤에 아름드리 살구나무가 서 있는 까닭인데, 오대 선조부터 내려온 다는 그 인연 있는 고목을 건사할* 겸 지은 집이건만 결과로 보면 대대로 내려오는 무준한 그 살구나무가 도리어 그 아래의 집을 아늑하게 막아 주고 싸 주는 셈이 되었다. 동네에서 제일 먼저 꽃 피는 것도 그 살구나무여서 한참 제철이면 찬란한 꽃송이와 향기 속에 온통 집이 묻혀 무르녹은 꿈을 싸 주는 듯도 하지만, 잎이 피고 열매가 맺기 시작하면 집은 더 한층 그 속에 묻혀 버려서 밖에서는 도저히 집안을 엿볼 수 없는 형세가 되었다.

　살구나뭇집이라도 결국은 하늘 아래 집이니 그 속에 살림살이가 있을 것은 다 같은 이치나 그 살림살이가 어떠한 것이며, 그 속에서는 허구한 날 무엇이 일어나는지 외따로 떨어진 그 집안의 소식을, 호젓한 나무 아래 사정을 동네 사람들이 알아낼 수는 없었다. 모든 것이 나무 속에 감추어져서 하늘의 별조차도 나무 아래 지붕은 고사하고 나무 뚫고 속사정을 엿볼 수는 없었다. 푸른 열매가 익어 갈 때 참살구 아닌 그 개살구*는 보기만 해도 어금니에 군물이 돌게 했다. 집안의 살림살이도 별수없이 어금니에 군물 도는 그 개살구의 맛일는지도 모르나 그 살구를 훔치러 사람들은 집 뒤를 기웃거리기 일쑤였다.

　도시* 함석집이라고는 면내에서는 면소와, 주재소, 조합과 학

교, 그리고는 서울집이어서 사치하기로는 기와집 이상으로 보였다. 장거리와 뒷마을 사이에 있는 넓은 터전은 거의 다 김형태의 것이어서 그 한복판에다 첩의 집을 세웠다 한들 관계할 바아니나 푸른 논 가운데 외따로 우뚝 서 있는 까닭에 회벽 함석지붕의 그 한 채가 유독 눈에 뜨이고 마음을 끌었다. 오대산에 채벌장이 들어서면서부터 박달나무의 시세가 한참 좋을 때에는 산에서 벤 나무 토막을 실은 우찻바리*가 뒤를 이어 대관령을 넘었다. 강릉 주문진 항구에 부려만 놓으면 몇 척이든지 기선에 싣고는 철로 공사가 있다는 이웃 항구로 실어나르곤 하였다.

오대산 속에 산줄기나 가지고 있던 형태는 버리는 것인 줄만 알았던 아름드리 박달나무 덕택으로 순식간에 돈벼락을 맞게 되었다. 논섬지기나 더 늘리게 된 것도 그 판이었고 살구나뭇집을 세운 것도 그때였다. 학교에 돈 백이나 기부하여 학무 위원의 이름을 가졌고, 조합의 신용을 얻어 아들 재수를 조합의 서기로 취직시킨 것도 물론 그 무렵이었다. 흰 회벽의 집이 야청으로서 밖에는 소용이 없다고 생각했던 동네 사람들은 그 깎은 듯이 아담한 집 격식에 눈을 굴렸다.

뜰 안에 라디오의 안테나가 들어서고 유성기의 노랫소리가 밤낮으로 흘러 나오게 되었을 때에는 혀를 말았다. 박달나무가 가져온 개화의 턱찌끼*에 사람들은 온통 혼을 뽑혔던 것이다. 뒷

마을 기와집 큰댁과 앞마을 살구나뭇집 작은댁과의 사이를 한가하게 어슬렁어슬렁 거니는 형태의 모습을 사람들은 전과는 다른 것으로 고쳐 보기 시작하였다.

꿈속 같은 호사스런 그 속에서도 가끔 변이 생겨 서울집은 두 번째 댁이었다. 첫댁은 집이 서기가 바쁘게 강릉서 데려온 지 해를 못 넘어 달밤에 도망을 쳐 버렸다. 동으로 대관령을 넘어서 강릉까지는 팔십 리의 길이었다. 아침에 그런 줄을 알고 뒤를 좇는대야 헛일이었으며 강릉에 친가가 있는 것이 아니라 온전히 뜬사람*이었던 까닭에 찾을 길이 막막했다.

다른 사내가 있었다는 말을 듣기도 하여 형태는 영동을 단념해 버리고 이번에는 앞대*를 생각하게 되었다. 서쪽으로 서울까지는 문재, 전재를 넘고 원주, 여주를 지나 오백 리의 길이었다.

이틀 동안이나 자동차에 흔들려서 첫 서울의 길을 밟은 지 거의 달포 만에 꽃 같은 색시를 데리고 첩첩한 산을 넘어 돌아왔다. 뜨물같이 허여멀쑥한 자그마하고 야물어진 서울 색시를, 앞대 물을 먹으면 인물조차 그렇거니 하고 생각하면서 사람들은 자동차에서 내리는 그를 울레줄레 둘러쌌다. 하기는 그만한 인물이 시골에까지 차례지게 되기까지는 상당한 물재의 희생이 있었으나 형태는 이번 길에 속사리 버덩*의 일곱 마지기를 팔아 버렸던 것이다. 들고나게* 된 한 가호를 살려 주고 그 값으로 외

딸을 받아 가지고 왔다는 소문이었다. 장 안에서도 일색이었다는 서울집이 시골 와서 절색임은 물론이었고, 마을 사람들은 마치 여자라는 것을 처음 보는 것과도 같이 탄복하고 수군들거렸다.

첫번 강릉집의 경우도 있고 하여 형태는 단속이 무서웠다. 별수없이 새장에 갇힌 새의 신세였다. 형태는 집안 재미에 마음을 잡고는 즐겨 하던 투전판에도 섞이는 법 없이 육중한 몸을 유들유들하게 서울집에 박혀 있는 날이 많았다. 검은 판장으로 둘러친 울과 우거진 살구나무와는 굳은 성벽이어서 안에서도 짐작할 수 없으려니와 밖에서 엿볼 수도 없었다. 그러나 단속이 심하면 심할수록 갇혀 있는 사람의 마음은 한층 허랑하게 밖으로 날아서 강릉집이 첩넘의 읍을 그리워하듯이 서울집 역시 영첩한 산을 넘어 앞대를 그리워하는 심정은 일반이었다.

집에 든 지 달포도 채 못 되어서 하룻밤은 별안간에 헛소동이 일어났다. 서울집이 집안에 없음을 깨닫고 형태가 황겁결에 도망이라고 외쳤던 까닭에 이웃 사람들은 호기심도 솟고 하여 일제히 퍼져 도망간 서울집을 찾으러 들었다.

마침 그믐밤이어서 마을은 먹을 뿌린 듯이 어두운데 각기 초롱에 불들을 켜 가지고 웬만한 곳은 샅샅이 헤매었다. 어두운 속 군데군데에서 초롱불이 반딧불같이 움직이며 두런두런 말소

리가 흘러왔다. 외줄 신작로를 동과 서로 몇 마장씩 훑어보고는
닥치는 대로 마을 안을 온통 뒤졌다.

　뒷마을에서부터 차례차례로 산기슭 수수밭, 과수원을 들추고*
앞으로 나와 성황 숲에서는 느름나무와 느티나무의 테두리를
샅샅이 살피고, 거리를 사이로 아래위로 훑어보고는 냇가의 숲
속과 물레방앗간을 뒤졌으나 종시 서울집의 자태는 보이지 않
았다. 설레는 마음에 앞장을 서서 휘줄거리던 형태는 홧김에 초
롱을 던지고는 말도 없이 발을 돌렸다. 뒤를 따르는 사람들도
입맛을 다시면서 풀린 맥에 초롱을 내저으며 자연 걸음이 느려
졌다.

　아무래도 서쪽으로 길을 들었을 것이 확실하니 날이 밝으면
강릉서 오는 자동차로 뒤를 좇는 것이 상수라고 공론들이었다.
강릉집 때에 혼이 난 형태는 실망이 커서 그렇게라도 할 배짱으
로 한시가 초조하였다. 담배들을 피우면서 웅얼웅얼 지껄이며
돌밭을 지나 물가에 이르렀을 때 앞을 섰던 형태가 불시에 주춤
하면서 걸음을 멈추고 어둠 속을 노렸다. 한 사람이 초롱불을
앞으로 획 내밀었을 때 물 속에서는 철버덩 소리가 나며 싯허연
고래가 한 마리 급작스럽게 숲 속으로 뛰어들어갔다.

　어둠 속에서도 유난스럽게 희고 퍼들퍼들한 몸뚱어리였다. 의
외의 곳에서 그날 밤 사냥에 성공하고 마을 길을 더듬어 올 때

모두들 웃음에 허리를 꺾을 지경이었다. 도망했다고만 법석을 한 서울집은, 좀체 나오기 어려운 기회를 타서 혼자 시냇가에 목물을 나왔던 것이다. 벌써 일 년 전의 일이었으나 그 일이 있은 후로 형태는 서울집의 심중에 적이 안심되어 덮어놓고 의심하지는 않게 되었다.

집안 사람들의 출입도 잦지 못한 집안은 언제든지 고요하고 감감하여서 그 속에 무슨 일이 일어나며 변이 생기는지 알 도리가 없었다. 푸른 살구가 맺혀 그것이 누렇게 익어 갈 때면 마을 사람들은 드레드레 달린 누런 개살구를 바라보고 모르는 결에 어금니에 군물을 돌리곤 할 뿐이었다.

1

들에 보리가 익고 살구도 누런 빛을 더하여 갔다.

달무리가 있는 이튿날 아침 뒷마을 샘물터는 온통 발끈 뒤집혔다.

당초에 말을 낸 것은 맨 처음 물 이러 온 금녀였고, 그의 말을 들은 것이 다음에 온 재천이었다. 재천이는 이어 온 춘실네에게 그것을 귀띔하고, 춘실네는 계사 옥분에게 전하고, 옥분은 히히

덕거리며 방앗집 새댁에게 있는 대로 털어 버렸다.

간밤의 변사는 순식간에 입에서 입으로 온통 번설*되고야 말았다. 뒤를 이어 모여든 한 패는 물을 길어 가지고는 냉큼 갈 줄을 모르고 물동이를 차례차례로 샘전에 논 채 어느 때까지나 눈길을 흘끗거리면서 뒤숭숭하게 수군거렸다. 한번 말문이 터지면 수습하기 어려워서 있는 말 없는 말 줏어섬기는 동안에 아침 시중이 늦어지는 줄도 모르고 횡설 수설이었다. 새침데기이던 방앗집 새댁도 제법 말주머니여서 뒤에 오는 축들을 붙들고는 꽁무니가 무겁게 어느 때까지나 말질이었다.

"세상에 그런 법도 있을까. 집안이 언제나 감감하기에 수상하다고는 노렸으나, 하필 김 서기일 줄이야 뉘 알았을꼬. 환장하지 그럴 수가 있나. 무서워라."

두 동이째 물을 이러 온 금녀는 아직도 우물터가 와글와글 뒤끓는 것을 보고 별안간 무서운 생각이 들었다. 처음으로 말을 낸 경솔을 뉘우쳤으나, 한 번 낸 말을 다시 입 안으로 걷어 들일 수는 없는 노릇이었다. 청을 받는 대로 간밤의 변을 몇 번이고 간에 되풀이하는 수밖에는 없었다. 되풀이하는 동안에, 하긴 마음은 대담하여 가고 허랑하여졌다.

"아마도 무엇에 홀렸던 게지, 아무리 달이 밝기로서니 아닌 밤중에 살구 생각은 왜 나겠우. 살구 도둑 간 것이 끔찍한 것을

보게 된 시초니."

금녀가 하필 그 밤에 살구나뭇집 살구를 노린 것은 형태가 마침 며칠 전에 읍내로 면장 운동을 떠난 눈치를 알아챈 까닭이었다. 개궂은 그가 출타한 이상 집을 엿보기쯤은 어려운 노릇이 아니었다.

논길을 살며시 숨어들어 살구나무에 기어올라 우거진 가지 속에 몸을 감추기는 여반장*이었으나, 교교하게 밝던 보름달이 공교롭게도 별안간 흐려지면서 누리가 금세 캄캄해진 것은 마치 무슨 조화나 붙은 것 같았다. 알고 보니 그날 밤이 월식이어서 그때 마침 온통 어두워진 하늘에서는 검은 개가 붉은 달을 집어 먹으려고 노리고 있는 중이었다. 모든 것이 물 속에 빠진 듯이나 고요하고 어두운 가운데에서 길을 잃은 듯한 박쥐의 떼가 파닥파닥 날아들고 뒷산의 부엉이 소리가 다른 때보다 한층 언짢게 들렸다. 멀리서 달을 보고 짖는 개의 소리가 마디마디 자지러지게 흘러왔다. 지척을 분간할 수 없는 나뭇잎 속에서 금녀는 불길한 생각에 몸서리를 치면서 살구 생각도 없어지고 나뭇가지를 바싹 붙들었다.

변이라도 일어날 듯한 흉한 밤이었다. 하늘의 개는 붉은 달을 입에 넣고 게웠다 물었다 하다가 드디어 온전히 삼켜 버리고야 말았다. 천지는 그대로 몽땅 땅 속에 묻혀 버린 듯이 새까맣고

답답하여졌다. 부엉이 울음도 개 짖는 소리도 어느 결엔지 그쳐진 캄캄한 속에서 금녀는 무서운 김에 팔 위에 얼굴을 얹고 차라리 눈을 감아 버렸다. 눈을 감으면 한결 귀가 밝아져서 어느 맘 때는 되었는지 이슥한 속에서 문득 웅얼웅얼하는 사람의 속삭임이 들렸다. 정신이 귀로만 쏠릴수록 말소리도 차차 확실해져서 바로 살구나무 아래편 뒤안 평상 위에서 들려 오는 것인 줄을 알았다. 방 안에는 등불이 켜지지 않았고, 나무에 오르자 월식이 시작된 까닭에 당초부터 그 아래에 사람이 있는 줄은 몰랐던 것이다.

비록 얕기는 하여도 굵고 가는 한 쌍의 목소리가 남녀의 목소리임에는 틀림이 없었다. 여자의 목소리는 서울집의 것이라고 하고 남자의 목소리는 누구의 것일까. 부엌일 하는 점순이 외에는 남자의 출입이라고는 큰댁 식구들도 마음대로 못 하게 하는 형편에 아닌 밤에 서울집과 수군거리는 사내는 누구일까 하고 금녀는 무서움도 잊어버리고 이번에는 솟아오른 호기심에 정신을 바짝 차리고 어둠 속을 노리기는 하나 워낙 어두운 데다가 나뭇잎이 우거져서 좀체 분간하기 어려웠다.

무시무시하면서도 한편 온몸이 근실근실하여서 침을 삼키면서 달이 밝아지기를 조릿조릿 기다렸다. 이윽고 하늘 개는 먹었던 달덩이를 옳게 삭이지 못하고 불덩어리째로 왈칵 게워 버리

고야 말았다. 웅켰던 구름이 헤어지고 맑은 하늘이 그 사이로 솟기 시작하자 달았던 불덩어리도 어느 결엔지 온전한 보름달로 변하여 갔다. 하늘의 변화를 우러러보던 금녀는 어느 결엔지 환히 드러난 제 꼴에 놀라 움츠러들며 나무 아래를 날쌔게 나뭇잎 사이로 굽어보다가 별안간 기급을 할 듯이 외면하여 버렸다.

수풀 속에서 뱀을 만났을 때의 거동이었다. 뒤안에 내논 평상 위에 뱀 아닌 남녀의 요염한 꼴을 보았기 때문이었다. 처녀인 금녀로서는 처음 보는, 보아서는 안 될 숨은 광경이었다. 그러나 더 놀라운 것은 그 남녀가 서울집과 조합의 김 서기 재수란 것이다. 서울집의 소문은 이러쿵저러쿵 기왕부터 있어 왔기에 이제는 벌써 등하 불명으로 모르는 부처님은 남편 형태뿐이라는 소문이었으나 사내가 재수일 줄이야 그 아무도 짐작하지 못한 바이며 그렇기 때문에 금녀의 놀람은 컸다. 너무나 어처구니가 없어 다시 한 번 무시무시 아래를 훔쳐보았으나 속일 수 없는 밝은 달은 사정이 없었다.

금녀는 그것을 발견한 자기 자신이 큰 죄나 진 것도 같아서 몸서리를 치면서 애비 아들의 기구한 인연을 무섭게 여겼다. 그들 둘이 아는 외에는 하늘과 땅만이 알 남녀의 속일을 귀신 아닌 금녀가 엿볼 줄이야 어찌 짐작인들 하였으랴.

하기는 그래도 달을 두려워함인지 뒤안이 훤히 밝아지자, 남

녀는 평상에서 내려와 방 안으로 급스럽게 들어가는 것이었으나 어지러운 그 뒤꼴들을 바라볼 때 금녀는 다시 새삼스럽게 무서워지며 하늘이 벼락을 내린다면, 바로 이런 곳이 아닐까 하고 머릿골이 선뜻하여져서 살구 생각도 다 잊어버리고 부리나케 나무를 미끄러져 내려왔다. 논길을 빠져 집까지는 거의 단숨에 달렸다. 밤이 늦도록 잠 한숨 못 이루고 고시랑고시랑 컴컴한 벽을 바라볼 뿐 하늘과 땅만이 아는 속일을 알았다는 두려움이 한결같이 가슴속에 물결쳤다.

그러나 시원한 아침을 맞아 샘물터에서 동무를 만났을 때에는 움켰던 마음도 적이 누그러져 허탕하게 그만 입을 열게 되었다. 하기는 그 끔찍한 괴변은 차라리 같이 알고 있는 것이 속 편한 노릇이지 혼자 가슴속에 담아 두기에는 너무도 무서운 것이었다.

그날은 샘터도 별스러이 소란해져서 아침 물이 지나고는 조금 뜸하더니 낮쯤 해서 또 한바탕 들끓고야 말았다. 꽤 먼 마을 한 끝에서까지 길어 가는 샘이므로 모이는 인물들도 허다한 속에 대개 아침 인물이 한두 사람씩은 끼어 있었다.

"사내가 그른가 계집이 그른고—하긴 그런 일에 옳고 그른 편이 있겠소만."

"터가 글렀어. 강릉집 때에도 어디 온전히 끝장이 났우. 오 대

를 내려온다는 그놈의 살구나무가 번번이 일을 치거든."

이렇게 수군거리는 패도 있었다.

"핏줄에서 난 도둑이니 누구를 한하겠소만 면장 운동인가 무언가를 떠난 것이 불찰이지. 버젓이 앉아 있는 최 면장을 떼고 그 자리에 대신 들어앉으려니 그런 억지가 어디 있어. 박달나무 덕에 돈 벌고 땅 샀으면 그만이지 면장은 해 무엇한단 말이오. 과한 욕심낸 죄로 하면야 싸지. 군수하고 단짝이라나. 이번 길에도 꿀 한 초롱과 버섯 말이나 가지고 간 모양인데 곧 군수가 갈린다는 소문이니까 갈리기 전에 한몫 얻으려고 바싹 붙는 모양이야."

"애비보다도 자식이 못나고 불측한 탓이 아니오. 장가든 지 불과 몇 달 전에 아내를 뚜드려 쫓더니 그 짓이란 말야. 춘천 가서 옷학교를 칠 년 만에 마친 위인이니 제 구실을 할 수야 있겠소? 조합 서기도 애비 덕에 간신히 얻어 한 것이 아니오."

"자식과 원수된 것을 알면 형태는 대체 어떻게 할꼬."

샘물 둔지에는 돌배나무 한 포기가 서 있었다. 돌팔매를 던져 풋배를 와르르 떨어뜨려서는 뜻 없이 샘물 속에 집어던지면서 번설들이었다.

"이 자리에서만 말이지 까딱* 더 번설들 맙시다. 형태 귀에 들어갔단 큰일날 테니."

　민망한 끝에 발설을 한 것이 춘실네였다. 그러나 저녁때도 되기 전에 또 점순에게 그것을 귀띔한 것도 춘실네였다.

　서울집 부엌데기로 있는 점순은 전날 밤을 집에서 지내고 아침 일찍 나가 진종일 집에서만 일을 한 까닭에 그 괴변을 보지도 듣지도 못하였다. 다시 집으로 갔다가 저녁 참을 대고 나올 때에 수수밭 모퉁이에서 춘실네를 만나 들으니 초문이었다. 재수는 전에 그에게도 한번 불측한 눈치를 보인 적이 있어서 그의 버릇은 웬만큼 짐작은 하는 터였으나 역시 놀라지 않을 수 없었다. 서울집을 극진히 여기는 점순은 그의 변이 번설되는 것을 민망히는 여겼으나 변이 변인 만큼 가만 있을 수도 없어 그 걸음으로 다시 집에 들어가 남편 만손에게 전하고 내친 걸음에 거리로 나가 가게 보는 태인에게도 살며시 떼어 주었다. 태인과는 만손 몰래 정을 두고 지내는 사이였다.

　태인은 가게에 모이는 사람들에게 한두 마디씩 지껄이게 되고 만손은 그날 저녁 형태네 큰사랑에 마을 가서* 모이는 농군들에게 말을 펴놓게 되었다.

　이렇게 하여 소문은 하루 동안에 재빠르게도 마을 안에 쫙 퍼지게 되었다. 이제는 벌써 당사자 두 사람과 출타한 형태만이 몰랐지 마을 사람들은 모두 형태 큰댁까지도 사랑 농군에게서 들어 알게 되었다.

큰댁은 놀라기는 무척 놀랐으나 제 자식의 처신머리가 노여운 것보다는 서울집의 빗나간 행동이 더 고소하게 생각되었다. 염라 대왕에게 서울집 속히 데려가기를 밤낮으로 비는 큰댁은 남편이 돌아와 어떻게 이 일을 조치할까에 모든 생각이 쏠리는 까닭이었다.

2

그날 밤은 열엿샛날 밤이어서 간밤같이 월식도 없고 조금 늦게는 떴으나 달이 밝았다. 샘터 축들은 공연히 마음이 들떠서 달밤을 잠자코 져내기 어려운 속에서 옥분은 드디어 실미적지근한* 금녀를 충동질해서 끌어내고야 말았다. 하룻밤 더 살구나무를 엿보자는 것이었다.

옥분은 금녀보다도 바라지고 앙도라져서 금녀가 모르는 세상을 벌써 재빠르게 엿본 뒤였다. 오대산에서 강릉으로 우차를 몰아 재목을 실어나르는 박 도령과는 달에 불과 몇 번밖에는 만날 수 없어서 그가 장날 장거리까지 내려오거나 그렇지 못하면 옥분이 웃마을 월정 거리까지 출가 전에 눈을 훔쳐 가지고 올라가지 않으면 안 되었다.

그런 때에는 대개 밭에 일하러 간다고 탈하고* 근 오 리 길을 걸어 올라가 월정사에서 나오는 길과 신작로가 합쳐지는 곳에서 박 도령을 기다렸다가 조이밭머리나 개울가에 가서 묵은 회포를 이야기하곤 하였다. 나중에 어떻게 되리라는 계책도 서지 못한 채 다만 박 도령의 인금*만을 믿고 늘 두근거리는 마음에 위험한 눈을 홈치곤 하였다. 한 이태 더 모아서 돈 백이나 모이거든 강릉에 가서 살자고 번번이 언약을 하고 우차를 몰고 대관령 쪽으로 느릿느릿 걸어가는 뒷모양을 바라볼 때 번번이 가슴이 찌르르 하였다.

거듭 만나는 동안에 남녀의 정이라는 것을 푹 안 옥분은 금녀와는 달라서 남녀의 세상에 유달리 마음이 쏠렸다.

금녀와 둘이 뒷마을을 나와 밭길을 들어갔을 때 달은 한참 밝아서 옥수수 수염과 피마주대궁이 새빨갛게 달빛에 어리었다. 논둑에서 기다리고 있는 점순을 만나 한 패가 되어서 지름길을 들어서 살금살금 살구나무께로 향하였다. 사특한* 마음으로가 아니라 주인집 동정을 살펴서 잘 알고 있음이 부리우는 사람으로서 마땅한 일 같아서 점순은 저녁 시중이 끝나자 약조하였던 금녀들을 기다리러 논둑에 나와 앉았던 것이다.

말없는 나무는 간밤이나 금밤이나 같은 태도 같은 표정이었다. 금녀는 같은 나무에 두 번 오르기 마음이 허락지 않아 혼자 나무

아래에서 망을 보기로 하고 점순과 옥분을 올려 보냈다. 집에서
는 유성기 소리가 쉴새없이 들리더니 판이 끝나도 정신 없이 버
려 두어 판 갈리는 소리가 어느 때까지나 스르럭스르럭 들렸다.

나무 위에서 내려다보이는 집안의 모양은 그 속에서 일할 때
의 모양과는 퍽이나 달라서 점순은 모든 것을 신기한 것으로 굽
어보았다. 평상 위에 유성기를 내놓고 금녀의 말과 틀림없이 서
울집과 재수 단둘이 앉아 달 밝은 밤이라 월식의 괴변은 없으나
정답게 수군거리고 있는 것도 신기하였으나 열어 젖힌 문으로
들여다보이는 방 안의 광경도 그 속에 있을 때와는 다르게 조촐
하고 호화롭게만 보였다.

부러운 광경을 정신 없이 내려다보는 동안에 점순은 이상하게
도 다른 생각은 다 젖혀 놓고 서울집 인물에 비겨 재수의 인금
은 보잘것 없고, 그러므로 서울집을 훔친 재수는 호박을 딴 셈
이요, 서울집으로서는 아깝다는 그 자리에 당찮은 생각이 불현
듯이 솟기 시작하였다.

언제인지 한 번은 경대 위의 금반지를 훔친 일이 있어서 즉시
로 발각되어 호되게 야단을 듣고 집을 쫓겨난 일이 있었으나,
그런 변을 당하여도 점순은 서울집을 미워는커녕 더욱 어렵게
여기고 높이고 싶었다. 사내가 그에게 반하듯이 점순도 그에게
반한 셈이었다. 여자로 태어나 마을의 뭇 사내들이 탐내는 그의

곁에서 지내게 되는 것을 다행으로 여겼다. 그렇기에 한 번 쫓겨나면서도 구구히 빌어 다시 그 자리로 들어간 것이었다. 삼신할머니가 구석구석 잔손질을 해서 묘하게 꾸며 세상에 보낸 것이 바로 서울집이라고 점순은 생각하였다.

손발이 동자같이 작고 살결이 물에 씻긴 차돌같이 희었다. 콧날이 붕긋이 솟은 아래로 작은 입을 열면 새하얀 잇줄이 구슬을 머금은 것같이 은은히 빛났다.

점순이가 아무리 틈틈이 경대 속의 분을 훔쳐서 발라도 그의 살결을 본받을 수는 없었다. 검은 살결과 걱실걱실한 체대와 큰 수족을 늘 보이는 것이건만 그에게 보이기가 언제나 부끄러웠다. 열두 번 다시 태어난다고 하더라도 그의 몸맵시를 따를 수는 없을 것 같았다.

뒤안에 물통을 들여다 놓고 그 속에서 목물을 할 때 그 희멀건 등줄기를 밀어 주노라면 점순은 그 고운 몸뚱어리를 그대로 덥석 안아 보고 싶은 충동이 솟곤 하였다. 여름 한때 새끼손가락 손톱에 봉숭아 물이나 들이게 되면 누에 같은 손가락 끝에 붉은 꽈리알을 띠운 것도 같아서 말할 수 없이 귀여운 감동을 자아내는 것이었다. 그 서울집이 재수 따위의 손 안에서 허름하게 놀고 있음을 내려다보노라니 점순은 아까운 생각만 들었다. 즉시로 뛰어내려가 그 자리를 휘저어 놓고도 싶었다. 어느 때까지나

그대로 버려 두기 부당하다는, 속히 한바탕 북새*를 일으켜 사이를 갈라 놓고 싶은 생각이 불현듯이 솟기 시작하였다.

그대로 살면서 덮어만 둔다면 어느 때까지나 애매한 형태에게까지 알려지지 않을 것이 한스러웠다. 재수에게 대한 샘이 아니라 참으로 서울집에 대한 샘이었다.

그러나 점순이 그렇게 오래 걱정하지 않아도 좋은 것은 간밤 이상의 괴변이 금세 눈 아래 장면 위에 일어난 것이다. 세상에는 기묘한 일이 간단히 생기는 까닭인지, 혹은 그 불측한 장면을 오래도록 허락하지 않으려는 뜻인지 참으로 뜻하지 않은 어처구니없는 일이 일어난 것이다. 그렇게라도 되지 않으면 형태에게 그 숨은 곡절은 알릴 길이 없었던 탓일까. 읍내에 갔던 형태가 별안간 나타난 것이다.

집을 떠난 지 여러 날 되기는 하나 하필 그 밤에 돌아오게 된 것은 귀신이 알린 탓이라고밖에는 생각할 수 없었다. 하기는 어느 날 어느 때 그 자리에 당장 돌아올는지도 모르면서 유유하게 정을 통하고 있는 남녀가 어리석은지도 모른다. 정에 빠진 남녀는 어리석어지는 법일까.

닫다 만 방문에서 불쑥 솟아 뒤안 툇마루에 나선 것이 형태임을 알았을 때 옥분은 기겁을 하고 점순에게로 몸이 쏠렸다. 나뭇가지가 흔들리면서 살구가 후둑후둑 떨어졌으나 나무 위로

주의를 보내기에는 뒤안의 형세가 너무도 급박하였다.

평상 위에 서로 기대 앉았던 남녀는 화다닥 자세를 바로잡으면서 물결같이 갈라졌다. 그 황급한 거동 앞에 막아선 형태의 육중한 몸은 마치 꿈속에 무서운 가위 같아서 그 가위에 눌린 것이 별수없이 두 사람의 꼴이었다. 움츠러들었을 뿐 찍 소리도 없는 데다가 형태 또한 바위같이 잠자코만 서 있어서 한참 동안 자리는 고요할 뿐이었다. 검은 구름을 첩첩이 품은 채 천둥을 기다리는 무서운 순간이었다.

"대체 누구냐?"

지나쳐 상기된 판에 형태는 말조차 어리석었다. 하기는 재수가 아들임을 일순간 잊어버렸는지도 모른다.

"무엇들을 하고 있어?"

육중한 체대가 움직였을 때 서울집은 허둥허둥 평상에서 내려와 신을 신었다. 방으로 뛰어들어가려고 툇마루 앞에 이르렀을 때 말도 없이 형태의 손이 머리쪽을 쥐었다. 새 발의 피였다. 한번 거세게 휘나꾸는 바람에 보잘것 없이 폴싹 땅에 쓰러지고 말았다. 형태의 손찌검을 아는 점순은 아찔하며 그 자리로 기를 눌리우고 말았다.

그 밤으로 무슨 변이 일어날지를 헤아릴 수 없는 판에 나무 위에서 유유하게 주인집 변사를 내려다보기가 무서웠다. 한시가

바쁘게 옥분을 붙들어 먼저 내려보내고 뒤이어 미끄러져라 하고 급스럽게 나무를 타고 내려섰다. 뒤안에서는 주고받는 말소리가 차차 똑똑해지고 금세 큰 북새가 시작될 눈치였다. 간밤의 변괴보다는 확실히 더 놀라운 변고에 혼을 뽑힌 셋은 웬일인지 그 밤의 책임이 자기들에게도 있는 것 같아서 다시 돌아볼 염도 못 하고 꽁무니가 빠져라 하고 논길을 뛰어나갔다.

이튿날 아침 소문은 도리어 뒷마을에서부터 났다. 새벽쯤 해서 점순이 서울집으로 일을 하러 집을 나왔을 때 길거리에서 춘실네에게 간밤의 소식을 듣게 되었다. 재수는 당장에 물푸레 나뭇가지로 물매를 얻어맞아 피를 흘리고 그 자리에 까무라쳐 쓰러진 것을 농군이 업어다가 뒷마을 집에 갖다 눕힌 채 아침까지 정신을 못 차리고 있다는 것이다. 전신이 부풀어 올라서 모습까지 변한 것을 큰댁은 걱정하여 울며불며 일변 약을 지어다가 달인다, 푸닥거리 준비를 한다 집안은 야단이라는 것이었다.

궁금해서 두근거리는 마음에 점순은 부리나케 앞마을로 뛰어나가 닫힌 채로 있는 서울집 대문을 열고 들어갔을 때 집안은 빈 듯이 고요하였다. 겁이 덜컥 나서 마루에 뛰어올라 의걸이* 놓은 방문을 열었을 때 예료*대로 놀라운 꼴이었다. 이불을 쓰고 누운 서울집을 벌써 운명이나 하지 않았나 하고 급히 이불을 벗겼을 때 살아 있는 증거로 눈을 뜨기는 하였으나 입에는 수건

으로 재갈을 메웠고 불에 데인 흔적이 끔찍하였다.

　몸을 움짓움짓은 하면서 일어나지 못하는 것은 굵은 바로 수족을 얽어매인 까닭이었다. 바를 풀고 재갈을 빼었을 때 서울집은 소생한 듯이 간신히 일어나 앉았다. 흩어진 머리와 상기된 눈과 어지러운 자태가 중병이나 치르고 일어난 병자 모양이었다. 이지러져 변모된 얼굴을 볼 때 점순은 눈물이 핑 돌았다.

　"죄를 지었기로서니 이럴 법이 있나? 사람이 아니라 짐승이지."

　이를 부드득 가는 서울집의 눈에도 눈물이 그렁그렁 어리었다. 구슬 같은 그 고운 얼굴이 벌겋게 데어서 살뜰하던 모습은 찾을 수도 없었다.

　"사지를 결박하구 입을 틀어막구 인두로 얼굴과 다리를 지지네그려. 아무리 시골놈이기로서 그런 악착한 것 본 적이 있나. 제나 내나 사람은 매일반 마음은 다 각각이지. 인두를 달군대야 사람의 마음이야 어찌 휘일 수 있겠나. 이런 두메에 애초부터 자청해서 올 사람이 누군가. 산 설고 물 설고 인정조차 다른데게다가 허구한 날 안에만 갇혀 한 걸음 길 밖에도 못 나가게 하니 전중이* 생활인들 게서 더 할까. 피 가진 사람으로서 어찌 고향인들 안 그립구 사람인들 안 아쉽겠나. 갇힌 새도 하늘을 그리워할랴니 내가 그른지 놈이 악한지 뉘 알랴만 내 이 봉변을

당하고 가만 있을 줄 아나. 당장 주재소에 가 고소를 하고 징역을 시키고야 말겠네. 그날이 나두 이곳을 벗는 날이야. 생각할수록 분하고 원통하고!"

입술을 꼬옥 무니 이슬 같은 눈물이 방울방울 솟아 상한 두 볼 위로 흘러내렸다.

점순도 덩달아 눈물이 솟으며 무도한 형태의 행실을 속으로 한없이 노여워하고 미워하였다. 만약 사내라면 그놈을 다구지게 해내고 싶은 생각도 들었고 간밤에 달려들어 말리지도 못하고 변이 일어난 줄을 알면서도 그 자리를 피해 간 비겁한 행동을 그지없이 뉘우치기도 하였다.

반드시 태인과 남편 만손의 사이에 든 자신의 처지를 생각하여서가 아니라 참으로 마음속으로부터 서울집의 처지를 측은히 여겨서였다. 그러나 위로할 말을 몰라 다만 콧물을 들이키면서 일상 쥐어 보고 싶던 서울집의 고운 손을 큰 손아귀에 징긋이 쥐어 볼 뿐이었다.

3

형태는 부락스러운 고집에 겉으로는 부드러운 낯을 지니나 속

으로는 심화가 솟아올라 그 어느 때나 슬기에* 눈알을 붉게 물들이고는 장거리에서 진종일을 보내곤 하였다. 옆 사람들의 수군거리는 눈치와 소문을 유하게 깔아 버리고는 배포 유하게 거들거렸다. 화풀이로 면장 운동에 마음을 돌리는 수밖에는 없어서 술집에서 장 구장을 데리고 궁리와 책동에 해 가는 줄을 몰랐다. 장 구장은 기왕에 구장으로 있다가 최 면장이 들어서자 떨어진 축이어서 형태가 면장을 하게 되면 다시 구장으로 들어앉자는 것이 그의 원이었고 두 사람이 공모하는 뜻도 거기에 있었다. 원래 면장 운동은 가주* 시작된 것이 아니라 벌써 오래 전부터 형태가 책모하여 오던 바였다. 박달나무로 하여 돈을 벌게 되자 마을에서 낯이 높아진 것이 그 원을 품게 한 근본 원인이었고, 면장이 되면 웃마을과 뒷마을에 있는 소유의 전답에 유리하도록 마을 사람들의 부역을 내서 길과 도랑을 고치겠다는 것이 둘째 희망이었다.

그러나 그보다도 더 절실한 원인은 최 면장에 대한 감정이었으니 전에 역군*을 다녔던 형태가 지벌이 얕다고 최 면장에게서 은근히 멸시를 받고 있는 것과 아들 재수가 최 면장의 아들 학구보다 재물이 훨씬 떨어지는 것을 불쾌히 여기는 편협심에서 오는 것이었다. 부전 자전으로 자기가 글을 탐탁하게 못 배운 까닭으로 자식도 그렇게 둔재인가 하여 뒷치송할* 재산은 있는

데도 불구하고 재수가 단지 재주가 부실한 탓으로 춘천 고등보
통학교도 칠 년 만에야 간신히 마치고 나오게 된 것을 형태는
부끄러워하고 한스럽게 여겼다. 한편 최 면장의 아들 학구는 재
수와 동갑으로 한 해에 보통학교를 마쳤으나 서울 가서 웃학교
를 마치고는 전문학교까지 들어가게 되었다.

　선비와 역군의 집안의 차이를 실제로 눈앞에 보는 것 같아서
형태로서는 마음이 괴로웠다. 최 면장은 어려운 가운데에서 자
식 하나만을 바라고 그에게 정성을 다 바쳤다. 몇 마지기 안 되
는 땅까지 팔아 버렸고, 그 위에 눈총을 맞아 가면서도 면장의
자리를 눅진히 보존해 가는 것은 온전히 자식 때문이었다. 학구
가 학교를 졸업할 때까지는 어떤 일이 있어도 그 자리를 비벼
나갈 생각이었다. 그런 점으로서 형태와는 드러나게 대립이 되
어도 하는 수 없는 노릇이었다.

　그러나 그뿐이 아니었다. 참으로 무서운 최 면장의 비밀을 형
태는 손아귀에 움켜쥐고 있었다. 학비의 보충을 위하여 회계원
과 짜고 여러 번째 장부를 고치고 공금에 손을 댄 것이었다. 면
장 운동에 뜻을 둔 때부터 형태는 면장의 흠을 모조리 찾아내려
고 하던 판에 회계원을 감쪽같이 매수하여 그에게서 공금 횡령
의 비밀을 샅샅이 들추어냈던 것이다.

　그런 눈치를 알아챘는지 어쨌는지 최 면장은 모든 것을 모르

는 체 다만 학구가 학교를 마칠 때까지를 목표로 시치미를 떼는 것이었으나 형태는 형태로서 네 속을 다 뽑아 쥐고 있다는 듯한 거만한 배짱으로 모든 수단이 다 틀리면 그 뽑아 쥔 비밀을 마지막 술책으로 쓰리라고 음특하게 벼르고 있었다.

하기는 벌써 최 면장이 좀체 속히 물러앉지 않을 줄을 짐작하고 이번 읍내 길에서도 군수에게 공금의 비밀을 약간 귀띔하고 온 터였다. 군수는 기회를 보아서 내막을 철저히 조사시켜 폭로시킨 후 적당한 조처를 하겠다고 언약하였다.

군수를 그만큼까지 후리기에는 상당히 물재도 들었으니, 이번 길만 하여도 꿀과 버섯의 선사뿐이 아니라 실상은 논 한 자리까지 남몰래 팔았던 것이다. 군수의 평소 소원이 일등 명기*를 앞에 놓고 은주전자, 은잔으로 맑은 국화주를 마시는 운치였다. 일등 명기야 형태의 수완으로도 어쩌는 수 없는 것이었으나 은주전자, 은잔쯤은 그의 힘으로 족히 자라는 것이어서 이번 기회에 수백금을 들여 실속 있는 한 쌍을 갖추어 준 것이었다.

군수가 사양치 않은 것은 물론이며, 그렇게 여러 번째 미끼를 흐뭇이 들여 놓고 이제는 다만 속한 결과를 기다리게만 되었다. 평생 원을 풀 수만 있다면 그 모든 미끼의 희생쯤은 그에게는 보잘것 없이 허름한 것이었다. 군수의 인품을 믿고 있는 것만큼 조만간 뜻대로의 결과가 올 것이 확실은 하였으나 될 수 있는

대로 그것이 속하였으면 하고 마음은 늘 초조하였다. 더구나 가정의 변이 생긴 후로는 어떠한 희생을 내서라도 기어이 뜻을 이루어야만 세상 사람들의 조롱과 웃음의 몇 분의 하나라도 설치*가 될 것이요, 지금까지 애써 온 보람도 있을 것이며 맺힌 마음의 짐도 넌지시 풀어 부끄러운 집안의 변괴도 잊어버릴 수 있으리라고 생각되어 더욱 초조하였다.

　술집에 자리를 잡고 허구한 날 거나하여서 충혈된 눈을 험상궂게 굴리곤 하였다.

　장날 저녁이었다. 형태는 영월네 골방에서 구장과 잔을 거듭하다가 마침내 최 면장을 부르러 사람을 보냈다. 주석을 이용하여 마음을 떠보고 싸움을 거는 것이 요사이의 형태여서 장날과 평일도 헤아리지 않았다. 실상은 요사이 장 구장을 통하여, 혹은 직접으로 그의 비밀을 한두 사람씩에게 차차 전포시키는 중이었다. 민심을 소란케 하여 그를 배반하게 하자는 생각이었다. 최 면장은 굳이 안 올 리가 없으며 불과 두어 번 잔이 돌았을 때 형태는 차차 말을 풀어내기 시작하였다.

　"정사에 얼마나 골몰한가. 덕택에 난 이렇게 술 잘 먹고 돈 잘 쓰고 태평하게 지내네만!"

　돈 잘 쓴다는 말과 은근히 관련시키려는 듯이,

　"학구 공부 잘하나? 들으니 한다 하는 사상가라지. 최씨 집안

에야 인물이구말구. 그러나 쓸데없는 걱정 같지만 주의니 무어
니 할 때 단단히 단속하지 않으면 까딱하다 큰일나리. 푸른 시
절에는 물들기두 쉽고 저지르기도 쉬운 법이요, 더구나 이게 무
서운 시절 아닌가. 어련하겠냐만 사귀는 동무 주의하라고 신신
당부해 주게."

비꼬는 말인지 동정하는 말인지 속뜻을 알 수 없어 최 면장은
대답할 바를 몰랐다. 장 구장과의 틈에 끼어 얼삥삥할 뿐이었다.

"다 아는 형편에 뒷치송하기 얼마나 어렵겠소만 면장, 이건
귓속말인데 사정두 딱하게 되었소."

은근한 말눈치에 어안이 벙벙하여 있을 때 장 구장은 입을 가
까이 가져오며 짜장 귓속말로 무서운 것을 지껄였다.

"미안한 말 같지만 사직을 하려거든 지금이 차라리 적당한 시
기인가 하오. 더 끌다가는 큰 봉변 할 것 같으니 말이오."

최 면장은 뜨끔도 하였거니와 별안간 홍두깨같이 불쑥 내미는
불쾌한 말투에 관자놀이에 피가 바짝 솟아오르며 몸이 화끈 달
았다.

"무슨 소리오?"

단 한마디 짧게 퉁명스럽게 내쏘았다.

"노여워할 것이 아닌 것이 지금은 벌써 공공연한 비밀이 되었
소. 거리의 사람뿐이 아니라 멀리 읍내에까지도 알려져서 면내

에서 모모 하는 사람들 사이에는 공론이 자자한 판이오."

"대체 무슨 소리란 말이오?"

면장은 모르는 결에 얼굴이 불끈 달아오르며 언성이 높아졌다. 구장은 반대로 이번에는 목소리를 낮추었으나, 그러나 다음 마디는 천근의 무게가 있는 것이었다.

"아마도 윤 회계원의 입에서 말이 난 모양이오. 세상에서 누구를 믿겠소."

붉어졌던 면장의 낯은 금세 새파랗게 질리며 입이 굳어지고 말문이 막혔다. 형태와 구장은 듣짓이 침묵하고 던진 말의 효과를 가늠해 보고 있는 듯이 눈길을 아래로 향하였다. 불쾌한 침묵이었으나, 그러나 면장은 즉시 침착을 회복하고 낯빛을 바로잡을 수 있었다. 설레지 않는 그의 어조는 막혔던 방 안의 공기를 다시 풀어 버렸다.

"그만하면 말뜻을 알겠네만 과히 염려들 할 것은 없네. 일이라는 것이 나고 보아야 옳고 그른 것을 시비할 수 있는 것이지, 부질없이 소문에 사로잡힐 것은 아니야. 난 나로서 충분히 내 각오가 있으니 염려들은 말게."

밉살스러우리만큼 침착한 어조는 도리어 반감을 돋구었다. 형태의 말 속에는 확실히 은근한 뼈가 숨어 있었다.

"각오라니 무슨 각온지는 모르겠으나 일이 크게 되면 낭패가

아닌가. 들으니 읍에서는 군수도 곧 출장 와서 조사를 하리라는 소문인데 그렇게 되면 무슨 욕이 돌아올지 헤아릴 수나 있나. 일이 터지기 전에 취할 적당한 방책도 있지 않을까 해서 이르는 말이 아닌가."

마디마디 꼭꼭 박아대는 말에 면장은 화가 버럭 나서 드디어 고성 대갈 호통을 하였다.

"이르는 말이고 무엇이고 다 그만둬. 그 속 다 알고 그 흉계* 뉘 모르리. 군수를 끼구 책동하는 줄도 다 안다. 내야 어떻게 되든 어디 할 대로 해봐라."

"무엇을 믿고 큰소린구. 해보고 말고 나중에 뉘우치지나 말게."

벌써 피차가 감출 것이 없어 속뜻과 싸움은 노골적으로 드러나게 되었다.

"뉘우칠 것도 없고 겁날 것도 없다. 무슨 술책을 써서든지 할 대로 해봐."

면장은 붉은 낮에 입술은 푸르면서 육신이 부르르 떨렸다.

"이 사람 어둡기도 하다. 일이 벌써 어떻게 된 줄을 모르고 큰소리만 탕탕 하니."

"고얀 것들, 이러자고 사람을 불러냈어? 같지 않은 것들."

차려진 술잔을 밀쳐 버리고 면장은 성큼 자리를 일어섰다. 형

태의 유들유들한 웃음소리가 터지자 참을 수 없는 노염에 술상을 발로 차 버리고 문 밖으로 뛰어나갔다. 통쾌하다는 듯이, 계획은 거의 다 성사되었다는 듯이 형태는 눈초리를 지그시 주름 잡고 구장을 바라보면서 한바탕 웃음을 쳤다.

면장 운동에는 차차 성공하여 가는 형태지만 속은 늘 심화가 나고 찌부등하여서 변괴가 있은 후로는 아직 한 번도 서울집에는 들어가지 않고 큰집이 아니면 거리에서 밤을 지내 오는 것이었다.

은근히 기뻐하는 것은 큰댁이어서 아들이 앓아 누운 것을 보면 뼈가 아프기는 하였으나, 그러나 그것을 한 기회 삼아 한편 남편의 마음을 돌리기에 애쓰고 밖에 나가서는 일방 앓아 누운 서울집에 치성을 드리기가 날마다의 행사였다. 속히 일어나라는 치성이 아니라 그대로 슬며시 가 버리라는 치성이었다.

밤이 어둑어둑만 해지면 남편 몰래 새옹에 메*를 짓고 맑은 물을 떠 가지고는 뒷동산 고목나무 아래나 성황 숲이나 개울가에 나가서 염라 대왕에게 손을 모으고 비는 것이었다. 산귀신 물귀신 귀신의 이름을 모조리 외우며 치마 틈에 만들어 넣었던 손각시를 불에도 사르고 물에도 띄우고 땅에 묻고 하여 은근히 서울집의 앞길을 저주하였다.

원래 강릉집 때부터 치성을 즐겨 하여 강릉집이 기어이 실족이 된 것은 온전히 치성 덕이라고 생각하였다. 서울집이 오면서

부터는 더욱 심하여서 어떤 때에는 오십 리나 되는 오대산에 가서 고산 치성도 드렸고 내려오던 길에 월정사에 들려 연꽃 치성도 드렸다. 이번에 서울집의 변괴도 재수의 허물로는 돌리지 않고 치성 덕으로 서울집에게로 내려진 천벌이라고 생각하였다. 내친 걸음에 서울집을 영영 없애 달라는 것이 치성할 때마다의 절실한 원이었다. 형태로서는 치성은 질색이어서 큰댁의 우매한 꼴을 볼 때마다 한바탕 북새를 일으키고야 말았다.

　재수가 자리에서 일어나자, 하루 아침 가만히 도망을 간 것은 여름도 한참 짙었을 때 형태의 심중이 가지가지 일에 무덥게 지글지글 끓어오를 때였다. 한편 걱정되지 않는 바도 아니었으나, 차라리 한 시름 놓은 것 같아서 시원도 했다. 신통치도 못한 조합 서기쯤 그만두고 멀리 가 버림이 마을 사람들의 기억에서도 사라질 것이요, 차차 죄를 벗는 길도 될 것으로 생각되어서 차라리 한 시름 놓는 것 같았다. 다만 걱정되는 것은 불미한 생각을 일으키고 그 어느 구석에 가서 자진이나 하지 않았을까 하는 것이었다.

　그날 아침 집안은 요란하게 설레고 마을 아래위로 훑으면서 헤매었다. 주재소에 수색원까지 내고 들끓었으나, 그러나 그렇게까지 걱정할 것이 없는 것은 실상은 재수의 도망은 큰댁의 지시요, 계책이었던 것이다. 그날 새벽 강에 나가 치성을 마친 큰댁은 아들을 속사리 재 아래까지 불러내서 등대하고* 있다가 강

릉서 넘어오는 첫 자동차에 태워서 앞대로 내보낸 것이었다.

거리에서 차를 타면 들킬 것을 염려하여 오 리 길이나 미리 나와 섰던 것이다. 전대 속에 알뜰히 모아 두었던 근 백여 소수*의 돈을 전대째로 아들에게 주면서 마을에서 소문이 사라질 때까지 어디든지 앞대로 나가 구경 겸 어느 때까지든지 바람을 쐬라는 당부를 거듭하면서 운전수가 재촉의 고동을 몇 번이나 울릴 때까지 찻전을 붙들고 서서 눈물겨운 목소리로 서러워하였다. 그러나 물론 집에 돌아와서는 그런 눈치는 까딱 보이지 않으며 집안 사람에게 휩쓸려 도리어 아들의 간 곳을 걱정하는 모양을 보였다. 재수의 처지가 재물에 된 후로 패였던 형태의 마음 한 구석이 파묻힌 것은 사실이었으나 그렇게 되면 서울집의 존재가 머릿속에 더 한층 똑똑하게 떠올랐다.

그러나 그대로 어느 때까지 버려 두는 수밖에 별다른 처리의 방책은 없었다. 한 번 흠이 든 것이니 시원히 버려 볼까도 생각하였으나 도저히 할 수는 없는 노릇임을 깨달았다. 속사리 버덩의 일곱 마지기를 팔아 버린 것이 아까워서가 아니라 아무리 흠이 들었다고는 하더라도 아직도 그에게로 쏠리는 정을 끊어 버릴 수는 없었다. 정이란 마치 헝크러진 실뭉치 같아서 한쪽을 끊어도 다른 쪽이 매이고, 끊은 줄 알았던 줄이 다시 걸리고 하여서 하루 아침에 칼로 벤 듯이 시원히 끊어 버릴 수는 없는 노릇이었다.

　포악스럽게 굴었어도 아직도 서울집에 대한 것은 줄줄 헝클어져 그의 마음 갈피에 주체스럽게 걸리고 감기는 것이었다. 그 위에 세월이라는 것은 무서워서 처음에는 살인이라도 날 것 같던 것이 차차 분이 사라졌고, 봉욕*에 치가 떨리고 몸이 화끈 달던 것이 지금은 그것도 차차 식어 가서 그대로 가면 가을에 찬바람이 나돌 때까지에는 분도 풀리고 마음도 제대로 가라앉을 것 같았고, 일이 뜻대로 되어 면장으로나 들어앉게 되면 무서운 상처는 완전히 사라질 듯도 하였다. 다만 서울집의 마음이 자기의 마음같이 가라앉고 회복될까 하는 것이 의심이었다.

　한때의 실책이었던지, 그렇지 않으면 정이 벌어졌던 탓인지 그의 마음을 좀체 들여다볼 수 없었다. 늘 밖을 그리워하는 눈치를 보아서는 마음속이 심상치 않은 것도 같았기 때문이다. 집에 누운 채 얼굴과 다리의 상처에는 약국에서 가져온 고약을 바르고 일변 보약을 달여 먹도록 시키기만 하고 형태는 아직 한 번도 들여다보지는 않았으나, 서울집에 대한 의욕이 생길 때에는 불현듯이 정이 불꽃같이 타오르며 그를 만나고 싶은 생각이 유연히 솟아올랐다. 그럴 때에는 면장 운동보다도 오히려 더 큰 열정이 그를 송두리째 사로잡으며 서울집을 잃는다면 그까짓 면장은 얻어 해 무엇하나 하는 생각조차 들었다.

분녀

분녀는 변화 많은 그의 일신 위에 말이 뻗칠까봐 날쌔게 말꼬리를 돌렸다. "어떻게 할 작정인구." "밭뙈기나 얻어 갈아 볼까. 수 틀리면 또 내빼구." 말투가 허황하면서도 듬직하다. 생각하면 명준은 첫사람이었다. 귀찮은 금덩이를 가져오지 않은 것이 차라리 개운하다. 허락만 한다면 그와 나 마음잡고 평생을 같이하여 볼까 하고 분녀는 생각하여 보았다.

분녀

1

우리도 없는 농장에 아닌 때 웬일인가들 의아하게 여기고 있
는 동안에 집채 같은 돼지는 헛간 앞을 지나 묘포밭으로 달려온
다. 산돼지 같기도 하고 마바리* 같기도 하여 보통 돼지는 아닌
데다가 뒤미처 난데없는 호개 한 마리가 거위영장*같이 껑충대
고 쫓아오니 돼지는 불심지가 올라 갈팡질팡 밭 위로 우겨든다.
풀 뽑던 동무들은 간담이 서늘하여 꽁무니가 빠져라 산지사방
으로 달아난다. 하고많은 방향 다 두고 돼지는 굳이 이쪽을 겨
누고 욱박아 오는 것이었다.

분녀는 기겁을 하고 도망을 하나 아무리 애써도 발이 재게 떨
어지지 않는다. 신이 빠지고 허리가 휘는데 엎친 데 덮치기로
공칙히* 앞에는 넓은 토벽이 막혀 꼼짝할 수 없다.

옆으로 빗빼려고 하는 서슬에 돼지는 앞으로 왈칵 덮친다. 손
가락 하나 놀릴 여유도 없다.

육중한 바위 밑에서 금세 육신이 터지고 사지가 떨어지는 것
같다. 팔을 옴짝달싹할 수 없고 고함을 치려 해도 입이 움직이
지 않는다.

분녀는 질색하여 눈을 떴다.

허리가 뻐근하여 몸이 통세*난다.

　문득 짜장 놀라서 엉겁결에 소리를 치나 소리는 나오지 않는
다. 입 안에는 무엇인지 틀어막히고 수건으로 자갈이 물리워 있
지 않은가. 손을 쓰려 하나 눌리웠고 다리도 허리도 머리도 전
신이 무거운 돼지 밑에 있는 것이다. 몸에 칼이 돋치기 전에는
이 몸도둑을 물리칠 수 없지 않은가.

　어둠 속에서도 경풍할 변괴에 부끄러운 생각이 났다. 어머니
앞에서도 보인 법 없는 몸뚱이를 하고 옷으로 덮으려 하나 생각
뿐이다. 어머니는, 하고 가까스로 고개를 돌리니 웃목에 누웠고
그 너머로 동생의 코 고는 소리가 들린다. 같은 방에 세 사람씩
이나 산 넋이 있으면서도 날도둑을 들게 하다니 멀건 등신들이
라고 원망할 수도 없는 것은 고된 낮일에 노그라져서 함빡 단잠
에 취하여 있는 것이다. 발로 차서 어머니를 깨우고도 싶으나
발이 닿기에는 동*이 떴다.

　삼경*이 넘었을까 밤은 막막하다. 열린 문으로는 바람 한 숨
없고 방 안이나 문 밖에 마찬가지로 까마득하다. 먼 하늘에는
별똥 하나 안 흐른다.

　(원망할 것 없다. 둘만 알고 있으면 그만야. 내가 누구든—아
무에게나 다 마찬가진걸.)

　더운 날숨이 이마를 덮는다. 부스럭부스럭하더니 저고리 고름
을 올개미 지어 매어 주는 눈치다.

간단하고 감쪽같다. 도둑은 흔적 없이 훔칠 것을 훔치고 능실하고 나가 버렸다.

몸이 풀리우자, 분녀는 뛰어 일어나 겨우 입봉창을 빼기는 하였으나, 파장 후에 소리를 치기도 객쩍다.

대체 웬 녀석인가 뛰어나가 살폈으나 간 곳 없다. 목소리로 생각해 보아도 알 바 없고 맺어진 옷고름을 만져 보는 건 뜻 없다. 하늘이 새까맣다. 그 새까만 하늘이 부끄럽고, 디딘 땅이 부끄럽고, 어두운 밤을 대하기조차 겸연스럽다.*

몸이 무시근하다. 우물에서 물을 두어 드레 퍼 올려 얼굴을 씻고 방에 들어가 등잔에 불을 켰다. 어둠 속에서 비밀을 가진 방 안은 밝은 때엔 천연스럽다. 딱 그 어느 한구석이 무지러 떨어졌을 것 같다. 하늘의 별 한 개가 없어졌을 것 같다. 몸뚱이가 한구석 뭉척 이지러진 것 같다. 반쪽 거울을 찾아들고 얼굴을 비쳐 보았다. 코며, 입이며, 볼이 상하지 않고 제대로 있는 것이 도리어 신기하게 여겨졌다. 어차피 와야 할 것이겠지만, 그것이 너무도 벼락으로 급작스리 어처구니없게 온 것이 분녀에게는 알 수 없이 겸연스러웠다.

얼굴과 몸을 어루만지며 어머니의 잠든 양을 물끄러미 바라보려니 별안간 소름이 끼치며 가슴이 떨린다. 무서운 생각이 선뜻 들며 어머니를 깨우고 싶다. 그러나 곤한 눈을 멀뚱하게 뜨고

상기된 눈망울로 이쪽을 바라보는 것을 보니 분녀는 딴소리밖엔 못 하였다.

"새까맣게 흐린 품이 천둥하고* 비 올 것 같으우."

묘포 감독 박추의 짓일까. 데설데설하며 엄부렁한* 품이 아무 짓인들 못할 것 같지 않다. 계집아이들 틈에 끼어 인부로 오는 명준의 짓일까. 눈질이 영매스러운 것이 보통 아이는 아니나 워낙 집안이 억판*인 까닭에 일껏 들어간 중등학교도 중도에서 퇴학하고 묘포 인부로 오는 것이 가엾긴 하다. 그러나 그리고 터놓고 을러댔다고 하면 응낙할 수 있었을까. 군청 사동 섭춘이나 아닐까. 한길에서도 소락소락 말을 거는 쥐알봉수*. 그 초라니* 라면 치가 떨려 어떻게 하나.

잠을 설군혀 버린 분녀는 고시랑고시랑 생각에 밤을 샜다. 이튿날은 공교로이 궂은 까닭에 비를 칭탈하고* 일을 쉬고 다음날 비로소 묘포로 나갔다. 같은 생각이 머릿속에 뱅돌아 사람을 만나기가 여간 겸연쩍지 않다. 사람마다 기연미연 혐의를 걸어 보기란 면난스런* 일이었다.

하늘이 제대로 개이고 땅이 이지러지지 않는 것이 차라리 시뻐스럽다.* 천지는 사람의 일신의 괴변쯤은 익지 않은 과실이 벌레에게 긁힌 것만큼도 대수롭지 않게 여기는 모양이다. 하긴

다행이지. 몸의 변고가 일일이 하늘에 비쳐진다면 기분이, 순야, 옥녀, 모든 동무들에게 그것이 알려질 것이요, 그들의 내정도 역시 속뽑히울 것이다. 이런 생각이 들자 별안간 그들은 대체 성할까 하는 의심이 불현듯이 솟아오르며 천연스러운 얼굴들이 능청스럽게 엿보였다.

박추와 명준에게만은 속내를 들리운 것 같아서 고개가 바로 쳐들리지 않았다. 다시 살펴도 가잠나룻*이 듬성한 검센* 박추, 거드름 부리는 들대밑. 이 녀석한테 당하였다면 이 몸을 어쩌노. 잠자코 풀 뽑는 무죽한* 명준이, 새침한 몸집, 어느 구석에 그런 부락부락한 힘이 있었을꼬. 사람은 외양으론 알 수 없다. 마치 그것이 명준이요, 적어도 명준이었으면 하는 듯이 이렇게 생각하나 면상과 눈치로는 그가 근지 누가 근지 도무지 거니챌* 수 없다. 이러다가는 평생 그 사람을 모르고 지나지나 않을까.

맡은 땅의 풀을 뽑고 난 명준은 감독의 분부로 이 깔포기에 뿌릴 약제를 풀어 무자위*로 치기 시작하였다. 한 손으로 물을 뿜으며 다른 손으로 물줄기를 흔들다가 고무줄이 빗나가는 서슬에 푸른 약물이 옥녀의 낮짝을 쏘았다. 옥녀는 기겁을 하여 농인 줄만 알고,

"저 녀석 얼뜨개같이 해 가지고, 요새 무슨 곡절이 있어."

하고 쏘아붙인다. 명준은 픽 웃으며, 마침 손이 빈 분녀에게 고

무줄을 쥐어 주고 뿌려 주기를 청하였다. 두 사람이 한 무자위로 협력하게 되자, 옥녀는 더 말이 없었다.

통의 것을 다 쳤을 때, 다시 물을 길어 올 양으로 분녀는 명준의 뒤를 따라 도랑으로 내려갔다.

도랑은 풀이 가리워 밭에서 보이지 않는다. 명준은 손가락으로 물탕을 치며 낯이 부드럽다.

"일하기 되지 않니?"

대번에 농조로,

"너 어떤 놈에게 시집 가련. 박추한테라도."

"미친 것 다따가*?"

"시집 갔니? 안 갔니?"

관자놀이가 금세 빨개진 것을 민망히 여겨 곧 뒤를 이었다.

"평생 시집 안 갈 테냐?"

"망할 녀석."

"난 이 고장에서 없어지겠다. 살 재미없어. 계집애들 틈에 끼어 일하기도 낯없다. 일한대야 부모를 살릴 수 없고 잡단 세금도 못 물어 드잡이*를 당하는 판이 아니냐. 이까짓 고향 고맙잖어. 만주로 가겠다. 돌아다니며 금광이나 얻어 보련다. 엄청난 소리지. 그러나 사람의 운수를 알 수 있니?"

"정말 가겠니?"

"안 가고 무슨 수 있니? 이까짓 쪽쟁이 땅 파 봐야 소용 있나. 거기도 하늘 밑이니 사람이 살지, 설마 짐승만 살겠니!"

물을 나르고 다시 도랑으로 내려왔을 때, 명준은 다따가 분녀의 팔을 잡았다.

"금덩이를 지고 올 때까지 나를 기다려 주련!"

눈앞에 찰락거리는 명준의 옷고름이 새삼스럽게 눈에 띄자 분녀는 번개같이 정신이 번쩍 들었다. 끝을 홀켜 맨 고름이 같은 꼴의 제 옷고름과 함께 나란히 드리운 것이다.

"네 짓이었구나."

분녀는 짧게 외치고 고개를 떨어뜨렸다.

"언제까지든지 나를 기다리고 있으련!"

박추의 소리가 나자, 두 사람은 날쌔게 떨어져 밭으로 갔다. 분녀는 눈앞이 아찔하며 별안간 현기증이 났다.

그뿐 명준은 다시 묘포밭에 나타나지 않았다. 다음날도 다음 다음날도. 며칠 후에 짜장 만주로 내뺐다는 소문이 들렸다.

분녀는 마음이 아득하고 산란하여 일을 쉬는 날이 많았다.

2

 분녀는 그렇게 눈 떴다.

 일생의 고패를 겪은 지 이태에 몸은 활짝 피어 지난 비밀의 자취도 어스레하다.* 껍질에 새긴 글자가 나무가 자람을 따라 어느 결엔지 형적이 사라진 격이다.

 이제 아닌 때 별안간 불풍나게* 두 번째 경험을 당하려고 하는 자리에 문득 옛 생각이 떠오르지 않을 수 없었다. 흐르는 향기같이 불시에 전신을 휩싼다. 피가 끓으며 세상이 무섭고 가슴이 두근거리며 손가락이 떨린다. 물동이를 깨뜨린 때와도 같이 겁이 목줄을 조인다.

 대체 어떻게 하여서 또 이 지경에 이르렀나 생각하면 눈앞이 막막하다.

 거리에 자주 삐쭉거린 것이 잘못일까. 만갑이에게는 어찌 되어 이렇게 허름하게 보였을까.

 돈도 없으면서 가게에 들어가서 이것저것 탐내는 것부터가 틀렸다. 집안이 들고날 판에 든 벌의 옷도 과남한데 단오빔은 다 무엇인가. 돈 있는 사람들의 단오놀이지 가난한 멀떠구니*의 아랑곳*인가. 이곳 질쑥 저곳 기웃하며 만져 보고 눈을 까고 한숨 쉬고 하는 동안에 엉뚱한 딴군*에게 온전히 깔보이고 감잡히었

다. 만갑이는 가게에 사람이 비인 때를 가늠 보아 미처 겨를* 사이도 없게 몸째 덜렁 떠받들어 뒷방에 넣고 안으로 문을 잠근 것이다.

부락스러운 꼴이 사내란 모두 꿈에서 본 돼지요, 엉큼한 날도 둑이다. 훔친 뒤에는 심드렁하다.

"가지고 싶은 것을 말해 봐—무엇이든지 소용되는 대로 줄게."

"욕을 주어도 분수가 있지, 사람을 어떻게 알고 이 수작이야?"

분녀는 새삼스럽게 짜증을 내며 보기 좋게 볼을 올려붙였다. 엄청난 짓을 당하면서 심상한 낯을 지닐 수도 없고, 그렇게라도 할 수밖엔 없었다.

"미워 그랬나?"

"몰라, 녀석."

쏘아붙이고는 팔로 눈을 받치고 다따가 울기 시작하였다. 사실 눈물도 나왔다. 첫번에는 겁결*에 울기란 생각도 안 나던 것이 지금은 눈물이 솟는 것이다. 그 무엇을 잃은 것 같다. 다시 찾을 수 없을 것 같다. 안타까운 생각에 몸이 떨린다.

"울긴 왜, 사람은 다 그런 것이야—단오에 들 것 한 벌 갖추어 줄게."

머리를 만지다 어깨를 지긋거리면서,

"삽삽하게만 굴면야 이 가게라도 반 나눠 줄걸."

가게에 인기척이 나는 까닭에 분녀는 문득 울음을 그쳤다. 부르다 주인의 대답이 없으니 사람은 나가 버렸다. 만갑이는 급작스럽게 말을 이었다.

"여편네가 중풍으로 마저마저 거꾸러져 가는 판이니, 그렇게만 된다면야 나는 분녀를 새로 맞아다 가게를 맡길 작정인데 뜻이 어떤가?"

울면서도 분녀는 은연중 귀를 솔깃하고 있었다.

"잘 생각해 볼 일이야."

듬짓이 눌러 놓고 만갑이는 한 걸음 먼저 방을 나갔다. 손님을 보내기가 바쁘게 방문을 빼꼼이 열고 불러냈다.

"이것 넣어 둬."

소매 속에다 무엇인지를 틀어 넣어 주는 것이다. 분녀는 어안이 벙벙하였다.

집에 돌아와 소매 갈피를 헤치니 지전 한 장이 떨어졌다. 항용보던 것보다는 훨씬 넓고 푸르다. 과남한 것을 앞에 놓고 분녀는 적이 마음이 느근하였다. 군청 관사에 아침 저녁으로 식모로 가서 버는 한 달 월급보다도 많다. 월급이라야 단돈 사 원으로는 한 달 요*의 보탬도 못 된다. 화세로 얻어 부치는 몇 뙈기의

밭을 그래도 어머니와 동생이 드세게 극성으로 가꾸는 덕에 제철의 곡식이 요를 도우니 말이지, 그것도 없다면야 분녀의 월급만으로는 코에 바를 나위도 없을 것이다.

왼곳에 가 있는 오빠가 좀더 온전하다면 집안이 그처럼도 군색지는 않으련만 엉망인 집안에 사람조차 망나니여서 이웃 고을 목탄 조합에 가 있어 또박또박 월급 생애를 하면서도 한 푼 이렇다는 법 없었다. 제 처신이나 똑바로 하였으면 걱정이나 없으련만 과당하게 건들거리다 기어이 거덜나고야 말았다. 늦게 배운 오입*에 수입을 탕갈하다 나중에 공금에까지 손찌검을 한 것이다. 탄로났을 때에는 오백 소수나 감쳐낸 뒤였다. 즉시 그 고을 경찰에 구금되었다가 검사국으로 넘어간 것은 물론이거니와 신분 보증을 선 종가에 배상액을 빗발같이 청구하므로 종가에서는 펏질 뛰어들어 야기부리는* 것이다. 집안은 망조를 만난 듯이 스산하고 을씨년스럽다.

불의의 수입을 앞에 놓고 분녀는 엄청나고 대견하였다. 어떻게 했으면 옳을까. 집안일에 보태자니 빚 없고 혼자일에 쓰자니 끔찍하고 불안스럽다. 대체 집안 사람들에게는 출처를 어떻게 말하면 좋을까. 관사에서 얻어 내왔다고 해서 곧이들을까. 가난한 과남은 도리어 무서운 일이다.

왈칵 겁도 났다. 술집 계집이나 하는 짓이 아닌가. 집안 사람

도 집안 사람이려니와 명준에게, 상구에게 들 낯이 있는가. 설사 만주에는 가 있다 하더라도 첫 몸을 준 명준이가 아닌가. 그야말로 불시에 금덩이나 짊어지고 오면 어떻게 되노.

그러나 명준이보다도 당장 날마다 만나게 되는 상구에 대해서는 어떻게 한단 말인가.

확실히 그를 깔봐 오기는 했다. 그렇기 때문에 벌써 피차에 정을 두고 지낸 지 반 년이 넘는데도 몸 하나 까딱 다치지 못하게 하여 왔다.

그 역시 몸은 다칠 염도 하지 않았다. 그러나 그는 깔중보일 인금인가. 명준이같이 역시 눈질이 보통 재물은 아니다. 학교도 같은 학교나 명준이같이 중도에서 폐학할 처지도 아니요, 그것을 마치고는 서울 가서 웃학교를 치를 생각이라니 그렇게만 된다면야 취직도 한층 높아 고을 학교만을 졸업하고 삼종 훈도로 나가거나 조합 견습생으로 뽑히는 것과는 격이 다르다. 다만 세월이 너무 장구한 것이 지루하다. 지금 학교를 마치는 데도 이태, 웃학교까지 필함은 어느 천년일까. 그때까지에는 집안은 창*이 날 것이다.

몸까지 허락하면 일이 댑다 틀어질 것 같아서 언약만 하여 놓고 손가락 하나 까딱 못 하게 한 것이다.

상구 역시 그것을 원하지 않았고 공부에 유난스럽게 힘을 들

이는 모양이다. 그러는 동안에 이 꼴이 되고 말았다.

허랑한 몸으로 상구를 어찌 대하노. 그렇다고 그를 당장에 단념할 신세도 못 되고 지은 죄를 쏟아 놓고 울고 뜰 수는 더욱 없는 것이다.

생각과 겁과 부끄러움에 분녀는 정신이 섞갈린다.

3

학교가 바쁜지 여러 날이나 상구를 만날 수 없다. 눈앞에 면대하지 않으니 겁도 차차 으스러지고 도리어 마음은 허랑하게만 든다.

실상은 다음날로라도 곧 가려 하였으나 겸연쩍은 마음에 그럴 수도 없어 며칠은 번졌다. 그날 부랴부랴 그곳을 나오느라고 만갑이 가게에 물건을 잊어 둔 것이다. 공칙하게도 물건이 손에 걸치는 옷가지인 까닭에 안 찾을 수도 없고 밤이 이슥하기를 기다려 분녀는 조심스럽게 거리로 나갔다.

한길에는 사람들이 듬성듬성하다. 전과는 달라 한결 조물거리는 마음에 사방을 엿보며 가게로 들어가자, 기다리고 있던 듯이 만갑이는 성큼 뛰어나온다.

"올 사람도 없을 듯하군."

밀창을 드르릉드르릉 밀고 휘장을 치고 가게를 닫치는 것이다.

"곧 갈 텐데."

"눈어림만 했더니 맞을까."

골방 문을 냉큼 열더니 만갑이는 상자를 집어낸다. 덮개를 여니 뾰죽한 구두의 새까만 광채에 분녀는 눈이 어립다.*

팔을 낚아채 쪽마루로 이끈다.

분녀는 반갑기보다도 무섭다.

(그까짓 구두쯤.)

불 하나를 끄니 가게 안은 어둑스레하다.

만갑이는 마루에 걸터앉아 강잉하게* 팔을 잡아끈다. 뿌리치고 빼다가 전봇대 모서리에서 붙들렸다.

"손가락 겨냥 좀 해볼까."

우격다짐으로 끌리운다.

마루에 이르기 전에 만갑이는 날쌔게 남은 등불을 마저 죽여버렸다.

어두운 속에서 분녀는 씨름꾼같이 왈칵 쓰러졌다. 더운 날숨이 목덜미를 엄습한다. 굵은 바로 얽어매인 것같이 몸이 가쁘다.

(미친 것.)

즐겨서 들어온 것은 아니나 굳이 거역할 것이 없는 것은 몸이 떨리기는 하나 거듭하는 동안에 마음이 한결 유하여진 것이다. 무엇보다도 어둠에는 눈이 없는 까닭에 부끄러운 생각이 덜하다.

별안간 밀창을 흔드는 인기척에 달팽이같이 몸이 움츠러들었다. 시치미를 떼려던 만갑이는 요란한 소리에 잠자코 있을 수 없어 소리를 친다.

"천수냐?"

하는 수 없이 문을 여니 천수가,

"야단났어요."

어느 결엔지 들어와서,

"병환이 더해서 댁에서 곧 들어오시라구요."

"더하다니?"

"풍이 나서 사람을 몰라 봐요."

"곧 갈게, 어서 들어가."

천수가 약빠르게 불을 켜는 바람에 분녀는 별수없이 어지러운 꼴을 등불 아래 드러냈다. 움츠러들며 외면하였으나 천수의 눈이 등에 와 붙은 것 같다.

"녀석 방정맞게."

만갑이의 호통보다도 천수는 분녀의 꼴에 더 놀랐다.

이튿날 상구가 왔다.

임시 시험이라고는 칭탈하나 오월도 잡아들지 않았는데 모를 소리였다. 어떻든 그를 만나기는 퍽도 오래간만이다. 거의 하루 건너로 찾아오던 것이 문득 끊어지더니 마침 두 장 도막을 넘긴 것이다. 하기는 전에 모양대로 그 모양이고 지닌 책보도 전의 것대로였다. 다만 얼굴이 좀 그을렸고, 눈망울이 그 무슨 먼 생각에 멀뚱하다. 필연코 곡절이 있으련만 그것을 꼬싯꼬싯 묻기보다 분녀는 심고*를 하며 상구의 말과 눈치가 될 수 있는 대로 자기의 일신의 변화 위에 떨어지지 않도록 발뺌을 하느라고 애를 썼다. 속으로는 상구한테서 정이 벌써 이렇게도 떴나 하고 궁리가 다른 제 심정을 아프고 민망하게도 여겼다. 거짓 없는 상구의 입을 쳐다보기도 죄망스럽다.

"시골 학교 재미 적다. 서울로나 갈까 생각하는 중이다."

새삼스런 소리에 분녀는 의아한 생각이 나서,

"아무 델 가면 시험 없나? 뚱딴지같이 다따가 서울은 왜."

"조사가 심해서 책도 맘대로 읽을 수 없어. 책권이나 뺏겼다. 서울 가면 책도 소원대로 읽을 거고 동무들도 흔할 거고."

"책, 책 하니. 학교 책이나 보면 됐지 밤낮 무슨 책이야."

책보를 끌러 활짝 헤치니 교과서 아닌 몇 권의 책이 굴러 나왔

다. 영어책도 아니요, 수학책도 아니요, 그렇다고 소설책도 아
닌 불그칙칙한 껍질의 두터운 책들이다. 분녀는 전부터도 약간
은 상구가 그러스럼한 책을 읽고 있는 것과 그것이 무슨 속인가
를 짐작하여 행여나 하는 의심을 품어 오기는 왔다.

"집에 두면 귀찮겠기에 몇 권 추려 가져왔다. 소용될 때까지
간직했다 주렴."

"주제넘게 엉큼한 수작하다 망할 장본이야. 까딱하다 건수 윤
패 꼴 되려구."

"함부로 지껄이지 말어. 쥐뿔도 모르거든."

상구는 눈을 부르댔다.

"너 요새 수상하더라. 태도가 틀렸어."

소리를 치며 책을 냉큼 들어 분녀의 볼을 갈긴다.

"어떻게 알고 그런 주제넘은 대꾸야."

돌리는 얼굴을 또 한 번 갈기다가 문득 고름 끝에 옭아매인 반
지를 보았다.

"웬 것이야?"

잡아채니 고름이 떨어진다. 상구는 금세 눈이 찢어져 올라가
며 불이라도 토할 듯 무섭게 외친다.

"어느 놈팽이를 웃어 붙였니? 개차반. 천보."

머리채가 휘어잡혔다. 볼이 얼얼하고 이빨이 솟는 듯하나 분

녀는 아무 대답 없다. 모처럼의 기회에 차라리 죽지가 꺾이게 실컷 맞고 싶다. 미안한 심사가 약간이라도 풀려질 것 같다.

"숫제 그 손으로 죽여 주었으면."

실토였다. 눈물이 솟는다.

"큰 것 죽이지 네까짓 것 죽이러 생겨났겐."

결착*을 내려는 듯이 몸째 차 박지르고 상구는 훌쩍 나가 버렸다.

어쩐지 마지막 일만 같아 분녀는 불현듯이 서러워지며 공연히 그를 설굿친 것을 뉘우쳤다. 저녁때 밭에서 돌아오기가 바쁘게 어머니는 황당하게 설렌다.

"들었니? 상구 말이다."

분녀의 얼굴에는 아직도 눈물 자국이 부숙부숙한 채로다.

"요새 더러 만나 봤니, 이상한 눈치 보이지 않던?—들어갔단다."

"예? 언제요?"

분녀는 눈이 번쩍 뜨인다.

"망간 거리에서 소문 듣고 오는 길이다. 윤패 건수들과 한줄에 달릴 모양이다. 사람 일 모르겠다."

"낮쯤 와서 책까지 두고 갔는데요."

"낌새 차리고 하직차로 왔었나 보다. 멀건 소소리패*들과 휩

쓸려 지내더니 아마도 그간 음특한 짓을 꾸민 게야."

"눈치가 이상은 하였으나 그렇게까지 되다니요."

사실 분녀는 거기까지는 어림하지 못하였다. 아까 상구와 끝내 말다툼까지 하다 그의 심사를 설굿치게 된 것도 실상은 그의 말이 전과는 달라 수상하게 나온 까닭이었다.

"녀석들이 언걸 입었거나* 그렇지 않으면 철모르고 새롱새롱 덤볐거나 한 게야. 사람은 겉볼안*이 아니구면. 이 일을 어쩌노."

어머니로서는 공연한 걱정이었다.

"웃학교는 애시당초 틀렸지. 초라니 같은 것. 사람 잘못 가렸어."

슬그머니 딸을 바라본다. 분녀의 얼굴은 안온한 것도 같고 아득한 것도 같다.

"사람과 생각이 다른 것이야 하는 수 없지."

"넌 어떻게 생각하느냐 말이다. 분하지 않으냐?"

"분하긴요."

머쓱한 얼굴을 은연중 바라보며 어머니는 은근한 목소리로,

"너희들 그간 아무 일 없었니?"

분녀는 부끄러운 뜻에 화끈 얼굴이 달며 착살스런* 어머니의 눈초리를 외면하여 버렸다.

"있었다면 탈이다."

수삽스런* 생각에 어머니가 자리를 뜬 것이 얼마나 시원한지 알 수 없다. 어머니에 대해서보다도 애매한 상구에 대하여 더 부끄럽다. 일신이 별안간 더럽고 께끔하다.* 어쩐지 어심하여* 밤이 늦었을 때 분녀는 골목을 나갔다. 남문 거리에 가서 한 모퉁이에 서기만 하면 웬만한 그날 소식은 거의 귀에 들려 온다. 한길 복판 게시판 옆에 두런두런 모여서들 지껄지껄하는 속에서 분녀는 영락없이 상구의 소문을 가달가달 훔쳐낼 수 있었다.

건수가 괴수였다. 모여서 글 읽는 패를 모으려다가 들킨 것이다. 학교에서는 상구 외에도 두 사람, 거리에서는 건수와 윤패네 세 사람, 상구가 건수에게서 책을 빌렸을 뿐이나, 집을 속속들이 수색당하고도 학교에서는 나오는 대로 퇴학을 맞을 것이다.

상구도 이제는 앞길이 글렀구나 생각하면서 분녀는 발을 돌렸다.

이렇게 될 것을 예료하고 그에게 숨기고 허랑하게 처신을 하여 온 것 같아 면목 없고 언짢다.

집에 돌아오니 상구가 두고 간 책이 유난스럽게 눈에 띈다. 그립기보다는 도리어 책망하는 원혼같이 보여서 쓸어 들고 아궁이 앞으로 내려갔다.

"차라리 태워 버리는 것이 글거리가 남잖아 피차에 낫지."

불을 그어 대니 속장부터 부싯부싯 타기 시작한다. 먹과 종이 냄새가 나며 두터운 책이 삽시간에 불덩어리가 된다. 어두운 부엌 안이 불길에 환하다. 상구와는 영영 작별 같다. 악착한 것 같아 분녀는 눈앞이 어질어질하다.

4

날이 지남에 따라 무겁던 마음도 차차 홀가분하여지고 상구에 대하여 확실히 심드렁하게 된 것을 분녀는 매정한 탓일까 하고도 생각하였다. 굴레를 벗은 것같이 일신이 개운하다. 매일 곳 없으며 책할 사람 없다고 느끼는 동안에 마음이 활짝 열려져 엉뚱한 딴 사람으로 변한 것 같았다.

어느 날 저녁 느직하게 돼지물을 주고 우리에 의지하여 하염없이 들여다보고 있을 때 문득 은근한 목소리에 주물트리고 돌아서니 삽짝문 어귀에 사람의 꼴이 어뜩한다. 홀태* 양복을 입고 철 잃은 맥고*를 쓴 것이 갈데 없이 만갑이다. 혹시 집안 사람에게라도 들키면 하고 밖으로 손짓하며 뛰어갔다.

"동문 밖까지 와 줄 텐가. 성 밑에 기다리고 있을게."

만갑은 외면하여 돌아서며 다짜고짜로 부탁이다.

"의논할 일이 있어. 안 오면 낭패야."

대답할 여지도 없게 다짐하고는 얼굴도 똑똑히 보이지 않고 사람의 눈을 피하는 듯이 휙 가 버린다. 어둠 속에 달아나는 꼴이 꺼림칙하다. 약빠른 꼴이 믿음직은 하나 너무도 급작스러워서 분녀는 미심하게 뒷모양을 바라본다. 여편네 병이 위중한가.

방에 돌아와 망설이다가 행티*가 이상한 까닭에 담뽀를 내서 가 보기로 하였다. 물론 그에게 그만큼 마음이 익은 까닭도 있었다.

동문을 나서니 벌판이 까마득하고 늪이 우중충하다. 오 리 밖 바다가 보이는지 마는지 달 없는 그믐밤이 금세 사람을 호릴 듯하다.

길 없는 둔덕으로 들어서 성 밑으로 다가서기가 섬짓하고 께름하다. 여우에게 홀리는 것은 이런 밤일까. 여우보다는 사람에게 호리는 것이 그래도 낫겠지 하는 생각에 문득 성벽에 납짝 붙은 만갑을 발견하였을 때에는 차라리 반가웠다.

사내는 뛰어와 날쌔게 몸을 끌었다. 무서운 판에 분녀는 뿌듯한 힘이 믿음직하여 애써 겨르려고도 하지 않고 두 팔에 몸을 맡겨 버렸다.

"분녀."

이름을 부를 뿐 다른 말도 없이 급작스리 허리를 조이더니 부

락스럽게 밀친다.

"다짜고짜 개처럼 무어야, 원."

분녀는 세부득이* 쓰러지면서 게정거리나* 어기찬* 얼굴이 입을 덮는다. 팔이 떨리며 몸이 어색하다.

"말이 소용 있나."

목소리에 분녀는 웅끗하였다.

"녀석, 누구야?"

소리를 지르나 입이 막힌다.

"만갑인 줄만 알았니? 어수룩하다."

"못된 것. 각다귀."

손으로 뺨을 하나 올려쳤을 뿐 즉시 눌리워 꼼짝할 수도 없다.

"듣지 않을 듯해서 깜쪽같이 만갑이로 변해 보았다. 계집을 속이기란 여반장이야. 맥고 쓰고 홀태 양복만 입으면 그만이니."

천수도 사내라 당할 수 없이 빡세다.

"딴은 만갑이와 좋긴 좋구나. 여기까지 나오는 것 보니 녀석도 여편네는 마저마저 거꾸러지는데 말 아니야. 물건을 낚시 삼아 거리의 계집애를 다 망쳐 놓으니."

천수의 심청*은 생각할수록 괘씸하였으나 지난 후에야 자취조차 없으니 하릴없는 노릇이다. 마음속에 담고 있을 뿐 호소할 곳도 없으며 물론 말할 곳도 없다. 그러나 이상하게도 날이 지

날수록 괘씸한 생각은 차차 스러져 갔다.

어차피 기구하게 시작된 팔자였다. 명준이 때나 천수 때나 누구인 줄도 모르고 강박으로 몸을 맡겼다. 당초에 몸을 뜯고 울고 하였으나 지금 와 보면 명준이나 천수나 만갑이까지도 다 같다. 기운도, 욕심도, 감동도 사내란 사내는 다 일반이다. 마치 코가 하나요, 팔이 둘인 것같이 뛰어나지 못한 사내도, 나은 사내도 없고 몸을 가지고만 아는 한정에서는 그 누구가 굳이 싫은 것도 무서운 것도 없다. 명준에게 준 몸을 만갑에게 못 줄 것 없고, 만갑에게 허락한 것을 천수에게 거절할 것이 없다.

다만 부끄러울 뿐이다. 벗은 몸을 본능적으로 가리게 되는 것과 같은 심정으로 그것은 여자의 한 투다.

문만 들어서면 세상의 사내는 다 정답다. 천수를 굳이 괘씸히 여길 것 없다.

분녀는 이렇게까지 생각하게 되었다. 마음이 허랑하여졌다고 할까. 확실히 새 세상을 알기 시작한 후로 심정이 활짝 열리기는 열렸다. 아무리 마음속을 노려보아도 이렇게밖엔 생각할 수 없다. 천수를 안된 놈이라고만 칭원할 수 없다.

정신이 산란하여 몸이 노곤하다. 살림은 나아지는 법 없고 일반인 데다가 어느 날 또 발등에 불이 떨어졌다. 이웃 고을 재판소에서 검사국으로 넘어갔던 오빠의 재판이 열리는 것이다. 조

합 당사자들에게 호출이 왔을 것은 물론이나 경찰에서 참량*하
여 집에도 통지가 왔다. 들어간 후로는 꼴을 본 지도 하도 오랜
까닭에 어머니만이라도 참례하여 징역으로 넘어가기 전에 단눈
보기만이라도 하였으면 하나 재판을 내일같이 앞두고 기차로
불과 몇 시간이 안 걸리는 곳인데도 골육을 보러 갈 노자가 없
는 것이다. 어머니는 딸을, 딸은 어머니를 쳐다만 보며 종일 동
안 궁싯거릴 뿐이었다.

횅드렁한 가게에는, 그러나 만갑의 꼴은 보이지 않는다. 구석
에 박혀 있던 천수가 빈중빈중 웃으며 나올 뿐이다.

"만갑이 보러 왔니? 온천으로 놀러 갔다."

위인이 없다면 말도 할 수 없기에 얼빠진 것같이 우두커니 섰
노라니 천수가 민망한 듯이 덜미를 친다.

"요전 일 노엽니?"

뒤를 이어,

"무슨 일인지 내게 말하렴. 낫으니 말이지 만갑이에게 말해도
소용 없을 줄이나 알아라. 네게서 벌써 맘뜬 지 오래야. 요새는
남돗집 월선이와 좋아서 지내는 모양이더라. 여편네 병은 내일
내일 하는데."

분녀는 불시에 뒤통수를 얻어맞은 것 같다. 눈앞이 아득하다.

"가게라도 반 떼어 주겠다고 꼬이지 않던? 여편네가 죽으면

후실로 들여 가게를 맡기겠다고 하지 않던? 누구에게든지 하는 소리, 그게 수*란다."

기둥을 잃은 것 같다. 몸이 떨린다. 그를 장래까지 믿었던 것은 아니나, 너무도 간특스럽게* 속인 셈이다.

"만갑이처럼 능청스럽지는 못하나 네게 무엇을 속이겠니. 무슨 일이든 말하렴. 내 힘엔 부친단 말이냐?"

"아무것도 아니다."

"어떻게 생각할지 모르나 돈이라면 여기 잔돈푼이나 있다. 어떻게 여기지 말고 소용되는 대로 쓰려무나."

천수는 지갑을 내서 통째로 손에 쥐여 준다. 분녀는 알 수 없이 눈물이 솟는다. 예측도 못한 정미에 가슴이 듬뿍해서 도리어 슬프다.

5

어머니는 재판소에 갔다 온 날부터 심화가 나서 누웠다 일어났다 하였다.

홀렁 바지를 입고 용수*를 쓴 오빠의 꼴이 눈앞에 어른거려 잠을 못 이루는 눈치다.

눈물이 마를 새 없고 눈시울이 부어서 벌갰다. 몇 해 징역이나 될까 판결이 궁금하다기보다 무섭다. 엄정한 재판장의 모양이 눈에 삼삼하다. 종가에서는 발길조차 일체 끊었다.

스산한 속에도 단오가 가까워 온다.

거리 앞 장대에서는 매년같이 시민 운동회가 성대하게 열린다는 바람에 거리 사람들은 설렌다. 일 년에 한 번 오는 이 반가운 명절 때문에 사람들은 사는 보람이 있는 듯하다. 씨름이 있고 그네가 있고 활이 있고 자전거 경주가 있다. 사람들은 철시하고 새옷 입고 장대로 밀릴 것이다.

분녀는 정황은 못 되었으나, 그래도 명절이 은근히 기다려진다. 제사 지낼 떡을 못 빚을지라도 만갑에게서 갖추어 얻은 것으로 이럭저럭 몸치장은 될 것이다. 무엇보다도 올해는 그네를 뛰어 상에 들 가망이 있는 것이다.

"자전거 경주에 또 나가 보겠다."

천수가 뽐내는 것을 들으면 분녀도 마음이 뛰놀았다.

"을손이를 지울 만하냐?"

"올해야 설마 짓구땡이지 어디 갈랴구. 우승기 타 들고 거리를 돌게 되면 나와 살겠니?"

"밤낮 살 공론이야."

이렇게 말한 것이 실상에 당일에는 도무지 신명이 나지 않았

다.

　못을 박은 듯이 빽빽이 선 사람 틈으로 자전거 경주를 들여다보
고 있노라니 앞장 서서 달아나던 천수는 꽁무니를 쫓는 을손과 마
주 스치더니 급작스런 모서리를 돌 때 기어이 왈칵 쓰러져 일어나
는 동안에는 벌써 맨 뒤에 떨어져 버렸다. 을손의 간악한 계교에
얼입혔다고* 북새를 놓았으나 을손이 벌써 일등을 한 뒤라 공론이
천수에게 이롭지 못하였다. 조마조마 들여다보던 분녀는 낙심이
되어 차례가 와서 그네에 올랐을 때에도 마음이 허전하였다.

　나조차 실패하면 어쩌나 생각하며 애써 힘을 주어 솟구기 시
작하였다. 희뚝거리던 설개도 편편해지고 두 손아귀의 바도 힘
차고 탐탁하게 활같이 휘었다 펴졌다 한다. 그네와 몸이 알맞게
어울려 빨리 닫는 수레를 탄 것같이 유쾌하다. 나갈 때에는 눈
앞이 휘연하고 치맛자락이 너볏이 나부낀다. 다리 밑에 울며줄
며 선 사람들의 수 천의 눈망울이 몸을 따라 왔다 갔다 한다. 하
늘에 오를 것 같고 땅을 차지한 것도 같다. 땅 위의 걱정은 어디
로 날아간 듯싶다.

　바에 달린 줄이 휘엿이 뻗쳐 방울이 딸랑딸랑 울릴 때도 얼마
남지 않은 것 같다. 아래에서는 연방 추스리는 말과 힘을 메기
는 고함이 들린다. 몸은 펴질 대로 펴지고 일등도 멀지 않다.

　그때였다. 들어왔다 마지막 힘을 불끈 내어 강물같이 후렷이

솟아 나갈 때 벌판으로 달리는 눈동자 속에 문득 맞은편 수풀
속의 요절할 한 점의 광경이 눈에 들어왔다. 순간 눈이 새까매
지고 허리가 휘친 꺾이며 힘이 푹 스러지는 것이었다.

　(왕가일까.)

　추측하며 재차 솟구며 나가 내려다보니 움직이지도 않고 그대
로 서 있는 꼴이 개울 옆 수풀 그늘 아래 완연하다. 그 불측한 녀
석은 참다못해 그 자리에 선 것이 아니요, 확실히 일부러 그 꼴을
하고 서서 이쪽을 정신 없이 쳐다보는 것이다. 아마도 오랫동안
그 목적으로 그 짓을 하고 섰던 것이 요행 주의를 끌어 눈에 뜨인
것이리라. 거리에서 드팀전을 하고 있는 중국인 왕가인 것이다.

　(음칙한 것.)

　속으로는 혀를 차면서도 이상하게도 한눈이 팔려 분녀는 노리
는 동안에 팽팽하게 당기던 기운이 왈싹 줄어들며 그네가 줄기
시작하였다. 허리가 꺾이고 다리가 허전해지더니 다시 힘을 줄
래야 줄 수 없다. 팔이 떨려 바가 휘친거리고 발에 맥이 풀려 설
개가 위태스럽다. 벌써 자세가 빗나가고 몸과 그네가 틀리기 시
작하였다. 거의 방울이 만저만저 울리려 하던 풋줄이 움츠러들
게만 되니 그네는 마지막이요, 일등은 날아갔다. 분녀는 아홉
솜음의 공을 한 솜음의 실책으로 단망할 수밖에 없었다. 줄 아
래 사람들은 공중의 비밀은 알 바 없어 혹은 탄식하고 혹은 소

리치며 다만 분녀의 못 미치는 재주를 아까워하는 것이다.

이렇게 된 바에야 하고 분녀는 줄어드는 그네 위에서 담대스럽게 녀석을 노려서 물리치려고 하였다. 그러나 이상한 것은 노리는 동안에 그를 물리치기는커녕 이쪽의 자세가 어지러워질 뿐이다. 오금*의 맥이 빠지고 나부끼는 치마폭이 부끄럽다.

일종의 유혹이었다. 천여 명 사람 속에서 왕가의 그 꼴을 보고 있는 것은 분녀뿐이다. 말하자면 두 사람은 많은 총중의 눈을 교묘하게 피하여 비밀히 만나고 있는 셈도 된다. 왕가의 간특스런 손짓과 마주치는 분녀의 시선은 말없는 대화인 셈이다. 분녀는 부끄러운 생각에 얼굴이 붉어졌다.

줄에서 내렸을 때까지도 좀체 흥분이 사라지지 않았다.

좀상에는 들었으나 상보다도 기괴한 생각에 몸이 무덥다.

이 괴변을 누구에게 말하면 좋은가. 혼자만 알고 있는 것이 옳을까 생각하며 천수를 찾았으나 많은 눈 속에서 소락소락 말을 붙일 수도 없어서 집으로 돌아와서야 겨우 기회를 잡았으나 천수는 홧김에 술이 거나하게 취하여 있다.

"개울가로 나오련? 요절할 이야기 들려줄게."

"분해 못 견디겠다. 을손이 녀석."

분녀는 혼자 먼저 나갔으나 시납시납 거닐어도 천수가 나오는 꼴이 보이지 않았다. 분김에 을손과 맞붙어 싸우지나 않는가.

양버들 숲을 서성거리는 동안에 어두워졌다. 개울까지 나갔다. 다시 수풀께로 돌아오면서 하릴없이 왕가의 생각에도 잠겨본다. ―초라한 꼴로 거리에 온 지 오륙 년이나 될까. 처음에는 마병장수*를 하던 것이 차차 늘어 지금에는 드팀전으로도 제일 크다. 실속으로는 거리에서 첫째 부자라는 소리도 있으나 아직도 엄지락 총각의 신세를 면하지 못하여 가끔 술집에 가서는 지전을 물 쓰듯 뿌린다고 한다. 중국 사람들은 왜 장가가 늦을까. 여편네가 귀한 탓일까…….

수풀 그늘 속으로 들어가려던 분녀는 기겁을 하고 멈추었다. 제 소리의 범이 있는 것이다. 왕가는 마치 그를 기다리고 있던 것같이 벙글벙글 웃으며 앞에 막아 선다. 하기는 낮에 섰던 바로 그 자리이긴 하다. 도깨비에게 홀린 것도 같다.

쭈뼛 솟았던 머리끝이 가라앉기도 전에 몸이 왕가의 팔 안에 있다. 일을 벌리기에는 너무도 어처구니없고 삽시간이라 겨를 틈도 없다.

(평생이 이다지도 기구할까.)

분녀는 혼자 앉았을 때 스스로 일신이 돌려 보였다.

수풀 속에서 왕가에게 경박을 당하였을 때 악을 다하여 겨루었다면 걷지 못하였을까. 가령 팔을 물어뜯는다든지 돌을 집어 얼굴을 찧는다든지 하였으면 당장을 모면할 수가 있지 않았던

가. 그럼에도 그는 그것을 할 수 없었고 이상한 감동에 몸이 주저들자 기운도 의사도 사라져 버릴 뿐이었다.

　마치 당시에는 함빡 술에라도 취하였던 것 같다. 천수를 대할 꼴도 없다. 하기는 만갑과의 사이를 아는 그가 왕가와의 사이인들 굳이 나무랄 이치도 없기는 하다. 천수는 만갑에게서 그를 빼앗았고 차례로 왕가에게 빼앗긴 셈이다. 몸이란 나루에서 나루로 멋대로 흘러가는 한 척의 배 같다. 하기는 만약 그날 저녁 약속한 천수가 어김없이 개울가로 나와 주었더라면 그렇게 신세가 빗나가지는 않았을 것이다. 천수를 한할까, 왕가를 원망할까.

　분녀는 길게 한숨지으며 생각에 눈이 흐리멍덩하다. 천수를 한할 바도 못 되거니와 왕가를 미워할 수도 없는 것이다. 생각하기에도 부끄러운 일이나 사실 왕가는 특별한 인간이었다. 사내 이상의 것이라고 할까. 그로 말미암아 분녀는 완전히 눈을 뜨게 된 것이다.

　왕가를 보는 눈이 전과는 갑자기 달라져서 은근히 그가 그리운 날이 있었다. 피가 수물거려 몸이 덥고 골이 땡할 때조차 있다. 그것만으로는 도무지 몸이 식지 않는 때가 있다.

　하룻밤은 성 밖까지 나갔다. 돌아오는 길에 거리를 거쳤다. 눈치를 보아 왕가를 만날 수가 있지나 않을까 하는 속심도 없는 바 아니었다.

두근거리는 마음에 남문을 지날 때 돌연히 천수를 만났다. 조바심하는 탓으로 태도가 드러나 보였는지 천수는 어둠 속으로 소매를 이끌더니 첫 마디에 싫은 소리였다.

"요새 꼴이 틀렸군."

영문을 몰라 맞장구를 쳤다.

"꼴이 틀렸다니 눈이 뒤집혔단 말이냐?"

"눈도 뒤집혔는지 모르지."

"무슨 소리냐?"

"요새 환장할 지경이지?"

"또 술 취했구나. 을손이한테 지더니 밤낮 술이야."

"어물쩍하게 딴소리 그만둬."

쏘더니 목소리를 갈아,

"사람이 그렇게 헤프면 못 쓴다. 아무리 너기로서니 천덕구니*가 되면 마지막이야."

"무얼 말이야?"

"그래도 시침을 떼니? 왕가와의 짓 말이야."

분녀는 뜨끔하여 입이 막혀 버렸다.

"수풀 속에서 본 사람이 있어. 하늘은 속여도 사람의 눈은 못속인다."

따귀를 붙인다. 분녀는 주춤하며 자세가 휘었다.

"다시 그러면 왕가를 찔러라도 눕힐 테야. 치가 떨려 못 살겠다."

한참이나 잠자코 섰던 분녀는 겨우 입을 열었다.

"너 옷섶이 얼마나 넓으냐? 내가 네게 매었단 말이냐? 왕가와 너와 못하고 나은 것이 무엇 있니?"

6

그후로 천수와의 사이가 뜬 것은 물론이거니와 분녀에게는 여러 가지 궁리가 많아서 얼마간 거리에 일체 발을 끊었다.

아침 저녁으로 관사에 다니는 것도 일부러 궁벽한 딴 길을 골랐다. 관사에서 일하는 이외의 여가는 전부 집에서 보냈다.

빈 집을 지키며 울 밑 콩포기도 가꾸고 우물물을 길어 몸도 퍼질 씻고 하는 동안에 열이 식어지고 마음도 차차 잡혔다. 몸이 깨끗하고 정신이 맑은 데다 뜰 앞의 조촐한 화초 포기를 바라보고 있으면 지난 일이 꿈같이밖에는 생각이 나지 않는다. 그 무슨 무서운 대병이 나서 치르고 난 것같이 몸이 거뿐하다. 모든 것이 지나간 꿈이었다면 차라리 다행이겠다고 생각해 보면 머리채를 땋아 내린 몸으로 엄청난 짓을 한 것이 새삼스럽게 뉘우

처진다. 명준, 만갑, 천수, 왕가, 머릿속에 차례차례로 떠오르는 환영을 힘써 지워 버리려고 애쓰면서 날을 보냈다.

그러나 사람의 마음처럼 조화 많은 것은 없는 듯하다. 언제까지든지 찬 우물물을 끼얹어 식히고 얼릴 수는 없었다. 견물 생심으로 다시 분녀의 마음을 움직이게 한 변괴가 생겼다. 망칙스런 꼴이 눈에 불을 붙여 놓았다.

여름의 관사는 까딱하면 개망신 처가 되기 쉽다. 문이란 문, 창이란 창은 죄다 열어 젖히고 대신에 얇은 발이 쳐지면 방 안의 변이 새기 맞춤이다. 문이란 벽 속의 비밀을 귀뜸하는 입이다. 그 안에 사는 임자가 밤과 낮조차 구별할 주착이 없을 때에 벽은 즐겨 망신 주기를 좋아하는 것 같다.

그날 저녁 무렵은 유난히도 무더웠다. 더우면 사람들은 해변에서나 집안에서나 옷벗기를 즐겨 한다. 분녀는 이 역 유난스럽게도 일찍이 부엌일을 마치고는 목욕물을 가늠 보러 목욕간으로 들어갔다. 물줄을 틀어 더운물을 맞추면서 한결같이 누구보다도 먼저 시원한 물 속에 잠겼으면 하는 불측한 생각뿐이었다. 그러나 대체 주인 양주는 이때껏 무엇을 하고 있나 하고 빈지* 틈에 눈을 대었다. 이 괴망스러운 짓이 실수였는지도 모른다. 빈지 틈으로는 맞은편 건넌방이 또렷이 보인다. 분녀는 하는 수 없이 방 안의 행사를 일일이 보지 않을 수 없었다.

거의 숨을 죽였다. 피가 솟아 얼굴이 확 단다. 목구멍이 이따금 울린다. 전신의 신경을 살려 두 손을 펴고 도마뱀같이 빈지 위에 남짝 붙었다.

수돗물이 쏟아질 대로 쏟아져 목욕탕이 넘쳐나는 것도 잊어버리고 분녀는 어느 때까지나 정신 없이 빈지에 붙어 앉았다. 더운 김에 서리어서인지 눈에 불이 붙어서인지 몸이 불덩이같이 덥다.

날이 지나도 흥분이 쉽사리 사라지지 않는다.

"그런 세상도 있구나."

거기에 비하면 지금까지 겪은 세상은 너무도 단순하고 아무것도 아닌—방 안의 세상이 아니요, 문 밖 같은 생각이 든다. 가지가지의 경험을 죄진 것같이 여기던 무거운 생각도 어느 결엔지 깨어지고 도리어 자연스럽고 그 위에 그 무엇이 부족하였다는 느낌조차 들었다.

관사의 광경은 확실히 커다란 꾀임이었다. 일시 잠자던 것이 다시 깨어나 이번에는 더 큰 힘으로 움직이기 시작하였다. 아무리 우물물을 퍼서 몸에 퍼부어도 쓸데없다. 한시도 침착하게 앉아 있을 수 없이 육신이 마치 신장대 모양으로 설레는 것이다.

만약 그날로 돌연히 상구가 눈앞에 나타나지 않았더라면 분녀는 어떻게 일신을 정리하였을까.

　요술과도 같이 뜻밖에 상구가 찾아왔다. 들어간 지 거의 달포만이다. 얼굴은 부숭부숭 부었으나 어느 틈엔지 머리까지 깎은 후라 일신은 단정하다. 짜장 반가운 판에 분녀는 조금 수다스럽게 소리를 걸었다.

　"고생했구나."

　"맞았다! 동무들이 가엾다."

　상구는 전과는 사람이 변한 것같이 속도 열리고 말도 걱실걱실* 잘 받는 것이 분녀에게는 알 수 없이 반갑다.

　"몸이 부은 것 같구나. 거북하지 않으냐?"

　"넌 내 생각 안 했니?"

　다짜고짜로 몸을 끌어당긴다. 분녀는 굳이 몸을 빼지 않았다.

　"이번같이 그리운 때는 없다."

　"별안간 싼들한 것 같구나."

　핑계 겸 일어서서 분녀는 방문을 닫았다.

　상구에 대한 지금까지의 불만도 뉘우침도 다 잊어버리고 상구가 하는 대로 몸을 맡겼다. 누구보다도 지금에는 상구가 가장 그리운 것이다. 지난날도 앞날도 없고 불붙는 몸에는 지금이 있을 뿐이다. 상구의 입술이 꽃같이 곱다.

　다음날 관사에 나갔을 때에 분녀는 천연스런 양주의 얼굴을 속으로 우습게 여기는 한편 천연스런 자신의 꼴을 한층 더 사특

하게* 여겼다.

그날 밤도 상구가 오기는 왔으나 간밤같이 기쁜 낯으로가 아니었다. 밤늦게 오면서도 그는 전과 같이 노여운 태도였다. 퉁명스런 목소리였다.

"너를 잘못 알았다."

발을 구르며,

"네까진 것한테 첫 몸을 준 것이 아까워."

이어,

"짐승 같은 것. 너를 또 찾은 내가 잘못이었지. 그렇게까지 된 줄이야 알았니?"

기어이 볼을 갈겼다.

"소문 다 들었다."

"……."

"굳이 일일이 이름 들 것도 없겠지. 어떻든 난 쉬 떠나겠다."

7

상구는 말대로 가 버렸다. 차라리 실컷 얻어나 맞았더라면 시원할 것을 더 말도 못 들어 보고 이튿날로 사라졌으니 하릴없다. 서

울일까. 사람이란 눈앞에만 안 보이게 되면 왜 이리도 그리운가.

그러나 상구의 실종보다도 더 큰 변이 생기고야 말았다. 마을 갔던 어머니는 황급한 성질에 펄펄 뛰어들더니 손에 몽둥이를 집어들었다.

"분녀야, 정말이냐?"

분녀에게는 곡절이 번개같이 짐작되었다. 금세 몸이 녹는 것 같더니 넋없는 몸뚱이가 허공을 나는 것 같다.

"허구한 곳 다 두고 하필 종가에 가서 말 끔찍한 소문을 듣다니 무슨 망신이냐."

올 때가 왔구나 하고 숨을 죽였다.

"일일이 대 봐라. 행실머릴 이 자리에서."

첫 매가 내렸다.

"만갑이, 천수, 또 누구냐, 대라. 치가 떨려 견딜 수 있나. 몸 치장이 수상하더니, 기어이 이 꼴이야?"

물매가 내리기 시작하였다. 분녀는 소같이 잠자코만 있다가 견딜 수 없어서 매를 쥔 팔을 붙들었다. 어머니는 더욱 노여워할 뿐이다.

"이 고장에 살 수 없다. 차라리 죽어라."

모진 매에 등줄기가 주저 내리는 것 같다. 종아리에서는 피가 튄다. 분녀는 하는 수 없이 매를 벗어나서 집을 뛰어나왔다. 목

소리는 나지 않고 눈물만이 바짓바짓 솟는다.

바다에라도 빠질까. 목이라도 맬까. 성문을 나서 환장할 듯한 심사에 정신 없이 벌판을 달렸다. 큰길을 닿기도 부끄러워 옆길로 들었다. 허전거리다가 밭두둑에 쓰러졌다. 굳이 다시 일어날 맥도 없어 그 자리에 코를 박고 밤 되기를 기다렸다. 바다에까지 나가기도 귀찮아 풀포기에 쓰러진 채 밤을 새웠다.

다음날도 집에 들어가지 않고, 그렇다고 갈 곳도 없어 사람 눈에 안 띄게 종일이나 벌판을 헤매이다가 밭 속 초막 안에서 잤다. 그런 지 나흘 만에 벌판으로 찾아 헤매는 식구의 눈에 띄어 하는수 없이 집으로 끌려갔다. 어머니는 때리는 대신에 눈물을 흘렸다. 큰일이나 치르고 난 것 같다. 몸도 가다듬고 마음도 조여졌다. 딴 사람으로라도 태어난 것 같다. 관사에서 떨어진 후로는 들에 나가 밭일을 거들었다. 거리를 모르게 되고 밭과 친해졌다.

여름이 짙어지자, 벌써 가을 기색이었다. 들에는 곡식 냄새에 섞여 들깨 향기가 넘쳤다. 들깨 향기는 그윽한 먼 생각을 가져온다. 분녀는 날마다 들깨 향기에 젖어서 집에 돌아왔다. 그런 하룻날 돌연히 낯선 청년이 찾아왔다.

"날 모르겠어?"

아무리 뜯어보아도 알 듯 알 듯하면서 생각이 미처 돌지 않는다.

"명준이야."

듣고 보니 틀림없다. 반갑다. 삼 년 만인가.

"만주 갔다 오는 길이야, 나도 변했지만, 분녀도 무던히는 달라졌군."

"금광은 찾았누."

"금광 대신에 사람놈이나 때려 죽였지."

명준은 빙그레 웃는다. 고생을 하였으련만 그다지 축나지도 않았다. 도리어 몸이 얼마간 난 것 같다.

"고향은 그저 그 모양이군."

분녀는 변화 많은 그의 일신 위에 말이 뻗칠까봐 날쌔게 말꼬리를 돌렸다.

"어떻게 할 작정인구."

"밭뙈기나 얻어 갈아 볼까. 수 틀리면 또 내빼구."

말투가 허황하면서도 듬직하다. 생각하면 명준은 첫사람이었다. 귀찮은 금덩이를 가져오지 않은 것이 차라리 개운하다. 허락만 한다면 그와 나 마음잡고 평생을 같이하여 볼까 하고 분녀는 생각하여 보았다.

노령근해

높은 마스트 위의 붉은 불, 푸른
불이 잠자는 밤의 아련한 숨소리같이 빛날 뿐
이요, 갑판 위는 고요하다. 고요한 갑판 난간
에 의지하여 얕은 목소리로 수근거리는 두 개
의 그림자가 있으니 데모테와 마우자이다. 인
기척 없고 발자취 소리 끊어진 갑판 위에서 그
래도 그들은 가끔 뒤를 돌아보며 무언지 은근
히 의논한다. 뱃전을 고요히 스치는 파도 소리
가 때때로 그들의 대화를 끊을 뿐이다.

노령근해

동해안의 마지막 항구를 떠나 북으로 북으로! 밤을 새우고 날을 지나니 바다는 더욱 푸르다.

하늘은 차고 수평선은 멀고.

뱃전을 물어뜯는 파도의 흰 이빨을 차면서 배는 비장한 행진을 계속하고 있다.

마스트* 위에 깃발이 높이 날리고 연기가 찬바람에 갈기갈기 찢겨 날린다.

두만강 넓은 하구를 건너 국경선을 넘어서니 노령 연해의 연봉이 바라보인다—하얗게 눈을 쓰고 북국 석양에 우뚝우뚝 빛나는 금자색 연봉이.

저물어 가는 갑판 위는 고요하다.

살롱에서 술타령하는 일등 선객들의 웃음소리가 간간이 새어 나올 뿐이요, 그 외에는 인기척조차 없다.

배꼬리 살롱 뒤 갑판. 은은한 뱃전에 의지하여 무언지 의논하는 두 사람의 선객이 있다—한 사람은 데모테 쓴 청년이요, 한 사람은 코 높은 마우자*이다.

낙타빛 가죽 샤쓰 위에 맨 검은 에나멜 혁대며, 온 세상을 구를 만한 굵은 발소리를 생각케 하는 툽툽한* 구두가 창 빠른 모자와 아울러 그를 한층 영웅적으로 보이게 한다.

　연해주의 각지를 위시하여 네르친스크 치타 방면을 끊임없이 휘돌아치느니만큼 그들에게는 슬라브족다운 큼직한 호활한 풍모가 떠돈다.

　마우자는 데모테 청년과 조선말 아닌 말로 은은히 지껄인다.

　냄새 잘 맡는 ××는 빨빨거리며 어디든지 안 쫓아오는 곳이 없다.

　정신없이 의논하다가도 그들은 가끔 말을 그치고 살롱 쪽을 흘낏흘낏 돌아본다.

　—거기에는 확실히 ××에서 쫓아오는 친구가 있을 것이다.

　푸른 바다는 안개 속으로 저물어 간다.

　어디서 나타났는지 흰 갈매기 두어 마리가 끽끽 소리치며 배 앞을 건너 안개 속으로 사라진다.

　갈매기 소리가 사라지니 갑판 위는 더 한층 고요하다.

　뻥끼 냄새가 새로운 살롱에서는 육지 부럽지 않은 잔치가 열렸다.

　국경선을 넘어서 외지에 한 걸음 들여 놓았을 때에 꺼릴 것 없이 진탕으로 마시고 얼근히 취하는 것이 그들의 상습이다.

　흰 탁자 위에는 고기와 과일 접시가 수없이 놓여 있고 술병과 유리잔이 쉴새없이 돌아다닌다.

대개가 상인인 만치 그들 사이에는 주권 이야기, 미두* 이야기가 꽃피었다.

그들에게는 모든 것이 유리한 시장에서 어떻게 하면 싫도록 돈을 짜내 볼까 하는 것이 대머리를 기름지게 번쩍이는 그들의 똑같은 공론이다.

"서의 명령이니 쫓아만 오면 그만이지 바득바득 애쓰며 직무를 다할 것은 없다"고 생각하는 ××의 친구도 한편 구석에서 은근히 어떻게 하면 배를 좀 불려 볼까 하는 생각에 똑같이 취하고 있다.

유쾌한 취흥과 유쾌한 생각에 그들은 마음껏 즐겁다.

술병이 쉴새없이 거품을 쏟는다.

유리잔이 쉴새없이 기울어진다.

흰 옷 입은 뽀이가 쉴새없이 휘돌아친다.

(놈들 도야지같이 처먹기도 한다.)

취사장에서 요리 접시를 나르던 뽀이는 중얼거리며 윈치* 옆을 돌아올 때에 남몰래 요리 접시 두엇을 깜쪽같이 빼서 윈치 뒤에 감춰 두었다.

(놈들의 양을 줄여서 나의 동무를 살려야겠다.)

살롱 갑판에서 몇 길 밑 쇠줄 사다리를 타고 내려간 곳에 기관

실이 있다.

흰 식탁 위에 술이 있고 해가 비치고 뺑끼 냄새 새로운 선창에 푸른 바다가 보이고 간혹 달빛조차 비끼는 살롱이 선경이라면 초열과 암흑의 기관실은 완전히 지옥이다―육지의 이 그릇된 대조를 바다 위의 이 작은 집합 안에서도 역시 똑같이 노골적으로 드러내 놓고 있다.

어둡고 숨차고 보일러의 열로 찌는 듯한 이 지옥은 이브를 꼬이다가 아흐레 동안이나 아래로 아래로 떨어진 사탄이 귀양 간 '불비 오는 지옥'에 스스로 비길 바가 아니겠지만, 그러나 또한 이 시인의 환영으로 짜 놓은 상상의 지옥이 이 세상의 간교로 짜 놓은 현실의 지옥에야 어찌 비길 바 되랴.

얼굴을 익혀 가며 아궁이 앞에서 불 때는 화부들, 마치 지옥에서 불장난치는 악마들같이도 보이고 어둠 속에 웅크린 반나체의 그들은 마치 원시림 속에 웅크린 고릴라와도 흡사하다.

교체한 지 몇 분이 못 되어 살은 이그러지고 땀은 멋대로 쏟아진다.

폭이 두 간*을 넘지 않는 좁은 데서 두 간이 넘는 긴 화저로 아궁이를 쑤시면 화기와 석탄재가 보얗게 화실을 덮는다.

다 탄 끄르터기를 바께쓰에 그득그득 담아내고 그 뒤에 부삽* 으로 석탄을 퍼 던지면 널름거리는 독사의 혀끝 같은 불꽃이 확

확 붙어 오른다.

둘째 아궁이와 셋째 아궁이마저 이렇게 조절하여 놓으면 기관실은 온전히 불붙는 지옥이다.

아궁이 위의 여섯 개의 보일러는 백 파운드가 넘는 증기를 올리면서 용솟음친다.

불을 쑤시고 또 석탄을 넣고…….

땀은 쏟아지고 전신은 글자대로 빨갛게 익는다.

양동이에 떠 온 물이 세 사람의 화부 사이에서 순식간에 사라지고 만다. 사실 물이라도 안 마시면 잠시라도 견뎌낼 수가 없다.

북국의 바다에서도 이러하니 적도 직하의 인도양을 넘을 때에는 오죽하랴.

—이렇게 하여 배는 움직이는 것이다. 살롱은 취흥을 돋우리만치 경쾌하게 흔들리는 것이다.

교체한 지 반 시간만 넘으면 화부의 체력은 낙지 다리같이 느른해진다. 부삽 하나 쳐들 기맥조차 없어진다.

보일러의 파운드가 내리기 시작한다.

브리지에서 항구의 계집을 몽상하던 선장은 전화통으로 소리친다.

"기관에 주의!"

"속력을 늘여라!"

역시 항구 계집의 젖가슴을 환상하던 기관장은 이 명령에 벌떡 일어나 화실로 쫓아온다.

"무엇들 하느냐!"

화부는 느릿느릿 아궁이에 석탄을 집어넣는다.

(무엇 하긴, 일하지. 너희들같이 편한 줄 아니.)

그러나 이것이 입 밖에 나오지는 않았다. 폭발은 마땅한 때를 얻어야 할 것이다.

"부지런히 해라, 이놈들아!"

기관장의 무서운 시선이 화부들의 등날을 재촉질한다.

(부삽으로 쳐서 아궁 속에 태워 버릴까. 삼 분이 못 되어 재가 되어 버릴 것이다.)

이 똑같은 생각이 세 사람의 머릿속에 똑같이 솟아올랐다.

깊은 암흑.

세상과는 인연을 끊어 놓은 듯한 암흑의 공간.

─철벽으로 네모지게 이 세상을 막은 석탄고 속은 영원의 밤이다.

간단없는* 동요, 기관 소리가 어렴풋이 흘러올 따름.

이 죽음 속에 확실히 허부적거리는 동체가 있다. 허부적거릴

때마다 석탄덩이가 와르르 흩어진다.

"으―."

"아―."

이 원시적 모음의 발성은 구원을 부르는 소리라기보다는 자기의 목소리를 시험하려는, 즉 생명이 아직 남아 있나 없나를 시험해 보려는 듯한 목소리이다.

"으―."

"아―."

기맥이 쇠진하여 그 자리에 쓰러졌는지 잠시 고요하다.

와르르 흩어지는 석탄더미 위에 성냥불이 켜졌다.

푸른 인광은 석탄더미 위에 네 활개를 펴고 엎드린 청년의 초췌한 얼굴을 비춘다.

허벅숭이 밑에 끄스른 얼굴은 푸른빛을 받아 처참하고 저 혼자 살아 있는 듯한 말뚱한 눈동자에는 찬바람이 휙휙 돈다.

"물!"

절망적으로 외치면서 다시 불을 그었다.

불빛에 조각조각 부서진 빵 조각과 물병이 보인다.

흔드는 물병 속에는 한 방울의 물도 없다.

물병을 던지고 청년은 허둥지둥 일어나서 또 외친다.

"물!"

"무─ㄹ ㅅ!"

어둠 속에서 미친놈같이 그는 싸움의 대상도 없이 혼자 날뛴다. 아니 싸움의 대상이 없는 것은 아니다. ××이 없는 것은 아니다. 그러나 눈앞에 보이는 것은 어둠뿐이요, 기갈*뿐이다.

석탄덩이가 어둠 속에서 난다.

두 주먹으로 철벽을 두드리는 소리가 난다.

그러나 세상과 담 쌓은 이 암흑의 공간에서 아무리 들볶아친다 하여도 그것은 결국 이 버림받은 공간에서의 헛된 노력에 지나지 못할 것이다.—독에 빠진 쥐의 필사적 노력이 독 밖의 세상과는 아무 인연을 가지지 못한 것같이.

"아─ㅅ!"

"물 물 무─ㄹ ㅅ!"

그는 몸을 철벽에 부딪치면서 마지막 힘을 내었다.

급한 걸음으로 쇠줄 사다리를 타고 내려오는 발자취가 있다.

발자취 소리는 석탄고 앞에서 그쳤다.

회중전등의 광선이 달덩이 같은 윤곽을 석탄고 문 위에 어지럽게 던진다.

광선은 칠 벗은 검붉은 뺑기 위에 한 점을 노리더니 그곳이 마침 열쇠로 열렸다.

찬바람이 얼굴을 스치고 어둠이 앞을 협박한다. 회중전등의

광선이 석탄고 속을 어지럽게 비치더니 마침내 한가운데에 쓰러져 있는 처참한 청년의 얼굴 위에 머물렀다.

"물!"

"물!"

두 팔을 내밀면서 그는 부르짖는다.

세상과 인연이 끊겼던 이 암흑의 공간에 한 줄기의 광명을 인도한 사람은 살롱의 뽀이였다.

"미안하네."

하면서 그는 청년을 붙들고 그의 입에 물병을 기울인다.

"술을 따라라, 잔을 날라라 하면서 놈들이 잠시라도 놓아 줘야지."

뽀이는 사과하는 듯이 그를 위로한다.

정신 없이 물을 들이킨 청년은 입을 씻고 숨을 내쉰다.

"정신을 차리고 이것을 먹게!"

뽀이는 가져온 비스켓을 열고 가지가지의 먹을 것을 꺼낸다.

고기, 빵, 과일, 그리고 금빛 레테르 붙은 이름 모를 고급 양주—일등 선객의 요리를 감춘 것이니 흔한 것일 리 없다.

"그들의 한 끼 양을 줄이면 우리는 열 끼의 양을 채울 수 있을 걸세."

고마운 권고에 청년은 신선한 식욕으로 빵 조각을 뜯으면서

동무에게 묻는다.

"대관절 몇 리나 남았나?"

"눈 꾹 감고 하루만 더 참게."

"또 하루?"

"하루만 참으면 목적한 곳에, 그리고 자네가 늘 꿈꾸던 나라에 깜쪽같이 내리게 되네."

"오— 그 나라에!"

청년은 빵 조각을 떨어뜨리고 비장한 미소를 띠면서 꿈꾸는 듯이 잠시 명상에 잠겼다가 감동에 넘쳐 흘러내리는 한 줄기 눈물을 부끄러운 듯이 손등으로 씻는다.

"그곳에 가면 나도 이놈의 옷을 벗어 버리고 이제까지의 생활을 버리겠네."

"아! 그곳에 가면 동무가 있다. 마우자와 같이 일하는 동무가 있다!"

울려 오는 배의 동요에 석탄덩이가 굴러 내린다.

파도 소리와 기관 소리가 새롭게 들려 온다.

"그럼 난 그만 가 보겠네. 종일 동안만은 충실해야 하잖겠나."

동무는 자리를 일어선다.

"하루! 배나 든든히 채우고 하루만 꾹 참게. 틈나는 대로 그들의 눈을 피해 내 또 한번 오겠네."

　회중전등을 청년의 손에 쥐여 주고 입었던 속옷을 한 꺼풀 벗어 몸을 둘러 주고는 그는 석탄고를 나갔다.

　두 층으로 된 삼등 선실은 층 위에나 층 아래가 다 만원이다.

　오래지 않은 항해이지만 동요와 괴로움에 지친 수많은 얼굴들이 생기를 잃고 떡잎같이 시들었다.

　누덕감발*에 머리를 질끈 동이고 돈 벌러 가는 사람이 있다― 돈 벌기 좋다던 부령 청진 가신 낭군이 이제 또다시 돈 벌기 좋은 북으로 가는 것이다. 미주 동부 사람들이 금 나는 서부 캘리포니아를 꿈꾸듯이 그는 막연히 금덩이 구르는 북국을 환상하고 있다.

　'부자도 없고 가난한 사람도 없고 다 같이 살기 좋은 나라'를 막연히 찾아가는 사람도 많다. 그 중에는 삼 년 동안이나 한 닢 두 닢 모아 두었던 동전으로 마지막 뱃삯을 삼아서 떠난 오십이 넘은 노인도 있다.

　'서울로 공부 간다고 집 떠난 지 열세 해 만에 아라사에 가서 객사한' 아들의 뼈를 추리러 가는 불쌍한 어머니도 있다.

　색달리 옷 입고 분 바른 젊은 여자는 역시 돈 벌기 좋은 항구를 찾아가는 항구의 여자이다. '돈 많은 마우자는 빛깔 다른 조선 계집을 유달리 좋아한다'니 '그런 나그네는 하룻밤에 둘만 겪어도 한 달 먹을 것은 넉넉히 생긴다는' 돈 많은 항구를 찾아

가는 여자이다.

이 여러 가지 층의 사람 숲에 섞여서 무엇인지 중얼중얼 외는 청년이 있다.

품에 지닌 만국지도 한 권과 손에 든 노서아어의 회화책 한 권이 그의 전재산이다.

대개 배에 취하여 악취에 코를 박고 드러누운 그 가운데에서 그만은 말끔한 정신을 가지고 노서아어 단어를 한마디 한마디 외워 간다.

(가난한 노동자!)—(베드니이 라보오취이)

(역사)—(이스토리야)

(전쟁)—(보이나)

책을 덮고 눈을 감고 다시 한마디 한마디 속으로 외워 간다.

(깃발)—(즈나아마야)

(아름다운 내일)—(크라시브이 자브트라)

창구멍같이 뻥 뚫린 선창에는 파도가 출렁출렁 들이친다.

흐린 유리창 밖으로 안개 깊은 수평선을 바라보는 젊은 여자, 그에게는 며칠 전 항구를 떠날 때의 생각이 가슴속에 떠오른다.

—윈치가 덜컥덜컥 닻 감는 소리를 항구 안에 요란히 울렸다. 닻이 감기자 출범의 기적 소리가 뚜— 하고 길게 울리며, 배가 고요히 움직이기 시작하니 부두와 갑판에서 보내고 가는 사람

들이 손 흔들며 소리지르며 수건을 날리기도 했다. 어머니도, 오빠도, 이웃 사람도 자기를 보내는 사람은 아무도 없었으나 배와 부두의 거리가 멀어지자 그에게는 눈물이 푹 솟았다. 어쩐지 다시 돌아오지 못할 길을 마지막으로 떠나는 것 같아서 배가 항구를 벗어나 산모롱이를 돌 때까지 정든 산천을 돌아보며 그는 눈물지었다. 눈물지었다! 눈물을 담뿍 뿜은 깊은 안개는 선창 밖에 서리었고, 개일 줄 모르는 애수는 흐린 가슴속에 서리었다.

데모테와 마우자는 무언지 여전히 은근히 지껄이며 삼등 선실 안으로 들어와 각각 자리로 간다.

노서아어에 정신 없던 청년은 마우자를 보자 웃음을 띠며 무언지 말하고 싶은 충동을 금할 수 없는 듯하다.

"루스키 하라쇼!"

"루스키 하라쇼!"

능치 못한 말로 되고 말고 그는 이렇게 호의를 표한다.

마우자 역시 반가운 듯이 웃음을 띠며 그에게로 손을 내민다.

밤은 깊었다.

바다도 깊고 하늘도 깊고.

깊은 하늘 먼 한편에 별 하나 반짝반짝.

연해의 하늘에 굽이친 연봉도 깊은 잠 속에 그의 윤곽을 감추었다.

높은 마스트 위의 붉은 불, 푸른 불이 잠자는 밤의 아련한 숨소리같이 빛날 뿐이요, 갑판 위는 고요하다. 고요한 갑판 난간에 의지하여 얕은 목소리로 수근거리는 두 개의 그림자가 있으니 데모테와 마우자이다.

인기척 없고 발자취 소리 끊어진 갑판 위에서 그래도 그들은 가끔 뒤를 돌아보며 무언지 은근히 의논한다.

뱃전을 고요히 스치는 파도 소리가 때때로 그들의 대화를 끊을 뿐이다.

향수

■■■ "다시는 시골을 간다고 발설을 하고 법석을 않으렷다?" "시골을 다녀왔으니까 오늘의 이 기쁨이죠. 맘이 이렇게 편하고 기쁠 때는 없어요." 그 즉시로 신경 쇠약증이 떨어져 버린 듯이 건강한 신색에 기쁨을 담고는 새로운 감동의 발견에 마음이 흐뭇이 차 있는 모양이었다. 그가 그날 찾아온 데는 삼십 평의 집이 아니라 삼만 평의 집이었는지도 모른다. 그날의 그보다 더 기쁠 사람이 또 있었을까.

향수

찔레 순이 퍼지고 화초 포기가 살아났다고 해도 원체가 고양
이 상판만큼밖에 안 되는 뜰 안이라 자옥이 깔아 놓은 조약돌을
가리면 푸른 것 돋아나는 흙이라고는 대체 몇 줌이나 될 것인
가. 늦여름에 해바라기가 솟아나고 국화가 우거지면 돌밭까지
가리워 버려 좁은 뜰 안은 오종종하게* 더욱 협착해 보인다. 우
러러보이는 하늘은 지붕과 판장*에 가리워 쪽보*만큼 작고 언덕
아래 대동강을 굽어보려면 복도에서 제가를 디디고 서야만 된
다. 이 소꿉질 장난감 같은 베이비 하우스에서 집을 다스리고
아이들을 돌보고 몸을 건사해야 하는 아내의 처지라는 것을 생
각하면 별수없이 새장 안의 신세밖에는 안 되어 보이면서 반날
을 그래도 밖에서 지울 수 있는 남편의 자리에서 보면 측은히도
여겨진다.

제 스스로 즐겨서 장 안에 갇힌 죄수라면 이 거역할 수 없는
노릇, 누구를 탄하려면 남편된 입장으로서 나는 사실 같은 처지
의 세상의 수많은 아내들에게 한 조각의 미안한 생각이 없지 않
다. 기껏해야 한 달에 몇 번씩 영화 구경을 동행하거나 거리의
식당에서 점심을 먹거나 하는 것쯤으로 목이 흐뭇이 축여질 리
는 없는 것이요, 서양 영화에 나오는 넓은 집안과 사치한 일광
실 속에서 환상에 잠기다가 일단 협착한 현실의 집으로 돌아올
때 차지 않는 속에 감질이 안 날 리가 없다. 현대의 무수한 소시

민의 생활의 탄식은 참으로 부질없는 감질 속에 숨어 있는 듯싶다.

　아내의 건강이 어느 때부턴지 축나기 시작해서 눈에 띄게 되었을 때 나는 놀라며 그 원인을 역시 이 감질에서 구하는 수밖에 없었다. 구미가 떨어지고 불면증이 생기고 그 어디라고 할 것 없이 몸이 졸아들어 하루 세 때 약 그릇을 극진히 대한다고 해도 하루 이틀에 되돌아서지 않는 것이다. 의사도 이렇다 할 증세를 집어내지 못하는 것으로 보아서 나는 그 원인을 감질로 돌려서 도시 생활에서 오는 일종의 피곤증이라고 볼 수밖에는 없었다. 삼십 평짜리 베이비 하우스에 피곤해진 것이다. 협착한 뜰에 숨어 박히고 살림살이에 지친 것이다. 그 위에 그의 신경을 한층 피곤하게 만든 것은 남편의 욕심이라고 할까. 세상의 남편들같이 고집스럽고 자유로운 욕심쟁이는 없다. 아내의 알뜰한 애정을 받으면서도 그 밖에 또 무엇을 자꾸만 구하는 것이다. 집에 들어서는 범사에 봉건왕이요, 폭군 노릇을 하면서 마음속에는 항상 한없는 꿈과 욕망을 준비해 가지고는 새로운 밖 세상을 구해 마지않는다. 참으로 그리마*의 발보다도 많은 열 가닥 백 가닥의 마음의 촉수를 꾸미고 그 은실 금실의 끝끝마다 한 개의 세상을 생각하고 손 닿지 않는 먼 데 것을 그리워하고 화려한 무지개를 틀어 본다. 그 자기의 마음 세상 속에 아내는

한 발자국도 못 들어서게 하고 엄격하게 파수 보면서 완전히 독립된 왕국을 몰래 다스려 간다.

일생에 있어서 가장 가까운 아내가 그 왕국에서는 가장 먼 것이다. 이것이 세상 남편들의 어쩌는 수 없는 타고난 천성머리니, 나 역시 그런 부류에서 빠진다고는 생각하기 어려우며 세상에서 꼭 한 사람밖에는 없다고 생각해 주는 아내의 정성의 백의 하나도 갚지 못하게 됨을 부끄러워하지 않을 수 없다.

남자된 특권인 듯이도 부질없이 마음의 왕국을 세우면서 그것이 아내를 얼마나 상하게 하고 닳게 하는가를 눈으로 볼 때 날카로운 반성이 솟으며 불행한 것이 여자요, 악한 것이 남편이라는 생각만이 난다. 삼십 평 속에서 속을 달이고 신경을 일으켜 세우고 하는 동안에 아내는 몸이 어느 때부턴지도 모르게 피곤해진 것 같다. 나는 남편된 책임을 느끼고 과반의 허물을 깨달으면서 평화와 건강의 일을 생각하는 것이나—아무튼 도회의 삼십 평은 숨을 쉬기에는 너무도 촉박한 것이다. 이 촉박감이 마음을 한층 협착하게 하는 것이 사실이어서 어느 결엔지 막연히 그 무슨 넓은 것, 활달한 것을 생각하게 되었을 때, 아내는 하루 아침 문득 계획을 말하는 것이었다.

"잠깐 시골이나 다녀오겠어요."

새삼스런 뚱딴지 같은 소리는 아니었다. 해마다 한번쯤은 다

녀오는 고향이었고, 이번 길도 착상한 지는 벌써 오랫동안의 현안중에 걸려 있었던 문제이다.

"몸두 쉬이구 집안 형편도 살필 겸……."

그러나 막상 이렇게 현실의 문제로서 눈앞에 나타나고 보니 선뜻 작정하기도 어려워서,

"글쎄……."

하고 얼빵뺑하게 대답하는 수밖에는 없었다.

"제가 지금 제일 보고 싶은 게 무언데요. 울 밑의 호박꽃, 강낭콩, 과수원의 꽈리, 바다로 열린 벌판, 벌판을 흐르는 안개, 안개 속의 원두꽃……."

"남까지 유혹하려는 셈인가?"

"제일 먹고 싶은 건 무어구요. 옥수수라나요, 옥수수. 바알간 수염에 토실토실한 옥수수 이삭, 그걸 삐걱 하고 비틀어 뜯을 때 그 소리, 그 냄새—생각나세요? 시골 것으로 그렇게 좋은 게 또 있어요? 치마폭에 가득히 뜯어 가지고 그걸 깔 때 삶을 때 먹을 때—우유맛이요, 어머니의 젖맛이에요. 그보다 웃길 가는 맛이 세상에 또 있어요. 지금 제일 먹고 싶은 게 옥수수예요. 바다에서 한창 잡힐 숭어보다도 뒤주 속의 엿보다도 무엇보다도……."

"혼자 내빼면 집안은 어떻게 하라구?"

그러나 마침 일가 아이가 와 있던 중이었고, 아내의 시골행의 결심도 사실은 거기에서 생겼던 까닭에 이것은 헛걱정이기도 했다.

"나 혼자 남겨 두고 맘이 달지* 않을까?"

"에이구, 나 없는 새 실컷 군것질해도 좋아요. 얼마든지 하라지. 지금에 시작된 일인가 뭐. 이제 다 꿈만 같으니."

"큰소리친다. 언제 맘이 저렇게 열렸던구. 진작……."

장담은 해도 여린 아내의 마음이다. 두 마디째가 벌써 그의 마음을 호비는* 것을 나는 안다. 눈썹을 찌푸리면서 그 말은 그만 그것으로 덮어 버리고 천연스럽게 말머리를 돌리는 아내의 눈치를 나는 더 상해서는 안 된다.

"또 한 가지 이번 길의 이유로는……."

다 듣지 않아도 나는 뜻을 짐작한다. 늘 말하는 일만 원 건인 것이다. 그의 어머니보다도 오빠가 용돈으로 일만 원을 약속한 것이다. 그것을 얻으러 가겠다는 말이다.

"만 원은 갖다 무얼 하게. 그까짓 남의 돈 누가 좋아할 줄 아나. 사람의 말을 괜히 얽어 놀까 해서."

"아따 큰소리 그만둬요. 돈 보고 침만 흘렸단 봐라."

"지금 내게 그리울 게 뭐게."

"그까짓 피아노 한 대 사 놓고 장담 말아요."

"방 안에 몇 권의 책이 있고 뜰 안에 몇 포기 꽃이 있으면 그만이지. 또 뭐가 필요한데."

반드시 시인을 본받아 그들의 시 구절을 외인 것이 아니라 사실 이런 청빈의 성벽이 마음속에 없는 바가 아니다. 때때로 사치를 원할 때가 없는 것도 아니나 뒤를 이어 청빈에 대한 결벽이 자랑스럽게 솟곤 한다. 이 두 마음 중의 어느 것이 더 바른지는 헤아릴 수 없으나 두 가지 다 한몫씩 자리를 잡고 있는 것은 사실이며 지금에 있어서는 사치에 대해서 일종의 경멸과 반감을 가지고 있는 것도 속임 없는 사실인 것이다. 하나, 아내의 말이 바른 것이라면 그가 또 내 마음을 곁에서 한층 날카롭고 정직하게 관찰하고 있는지도 모르는 것이기는 하다.

"만 원에서 한 장도 어김없이 가져올게. 이리같이 약탈이나 하지 마세요."

"내 마음 제발 이리 되지 맙소서!"

합장하는 나의 시늉을 흘겨보고는 아내는 그날부터 행장을 꾸리기에 정신이 없다. 행장이라야 지극히 간단한 것이나 잘고 빈틈없는 여자의 마음씨라 간 뒤의 집안 살림살이의 요령과 질서까지를 일가 아이에게 틔어 주고 거기에 맞도록 집안을 온통 한바탕 치우고 정돈하기에 여러 날이 걸리는 모양이었다. 눈에 띌만큼 말끔하게 거두어진 것을 나는 신기하게 바라보았다. 그러

나 집안이 정돈된 것보다도 더 신기한 일이 생겼다. 떠나는 그 날 저녁 거리에서 돌아온 아내의 자태에 일대 변혁이 생겼던 것이니 머리를 자르고 퍼머넌트를 건 것이다. 집안이 정리된 이상의 정리였다. 멀끔하게 추려서는 고슬고슬 지져 놓은 머리는 용모를 일변시켜 총명하고 개운한 자태로 만들어 놓았다. 굳이 펄쩍 뛰며 놀랄 것은 없었던 것이 퍼머넌트에 대한 의논도 오래 전부터 있었던 것으로 충충대고* 권한 장본인은 결국 나 자신이었던 까닭이다.

여자의 머리로서 퍼머넌트를 나는 오래 전부터 모든 비판을 떠나 아름다운 것으로 생각해 왔다. 모방이니 흉내니 한다면 이 땅에 그럼 현재 모방이 아니고 흉내가 아닌 무엇이 있단 말인가. 살로메가 요한의 머리를 형용해서 에돔 나라의 포도송이 같다고 한 머리, 그것을 나는 남녀간의 머리의 미의 극치라고 생각해 왔던 까닭에 아내의 머리에 그 운치를 베풀자는 것이었다. 내가 놀란 것은 도리어 아내의 그 결단성이었다. 아무리 충충대도 오랫동안 주저하고 머뭇거리던 것을 그날로 단행한 그 결단성인 것이다.

그러나 거기에는 또 아내의 동무들의 실물 교육이 직접 도와 힘이 된 것도 같다. 집에 놀러 오는 그들이 하나같이 그 풍습을 벗어난 사람이 없다. 아내가 그들이 보여주는 모범에서 용기를

얻었을 것은 사실이다. 어떻든 그날 저녁 그 변모로 나타난 아내의 자태에 비록 놀라지 않았다고 해도 일종의 신기하고 청신한 느낌을 금할 수 없었던 것은 사실이다. 피곤하던 종래의 인상을 다소간이라도 떨쳐 버린 셈이요—그 모든 아내의 행사는 결국 고달픈 피곤중에서 벗어나자는 일종의 회복책이었던 것이다. 도회의 피곤에서 향수를 느끼고 잠깐 전원으로 돌아가기로 결심한 그의 해방의 의욕의 표시였던 것이다. 머리를 시원스럽게 자르고 삼십 평을 떠나 넓은 전원의 천지에서 숨을 쉬자는 것이다. 바다로 열린 벌판에서 안개를 받고 원두꽃을 보고 풋옥수수를 먹자는 것이다. 나 자신도 도회에 지쳐 밤낮으로 그것을 그리워하고 향수를 느끼곤 하던 판에 원래부터 찬성하는 바이다. 아내의 전원행은 어느 결엔지 자연스럽게 응낙되었다. 같이 떠나지 못하는 것이 한스러울 뿐 별수없이 나는 서리는 향수를 가슴속에 포개 넣은 채 마음속으로 시골을 그리는 수밖에는 없게 되었다.

이튿날로 아내는 짙은 옥색으로 단장하고 퍼머넌트를 날리며 홀가분한 몸으로 길을 떠나는 것이었으나 차창에서는 금세 눈물을 머금고 쉬이 돌아올 것을 거듭 말한다. 차가 굽이를 돌 때까지도 작아져 가는 얼굴을 창으로 내놓고 손수건을 흔드는 것을 보고는, 그럴 것을 그럼 왜 떠나는구 하는 동정도 솟았으나

한편 이왕 떠나는 것이니 어서 실컷 시골 맛이나 맡고 몸이나 튼튼해져서 오라고 축수하는 나였다. 호박꽃, 강낭콩 실컷 보고 옥수수, 숭어 실컷 먹고 좀 가무잡잡한 얼굴로 돌아오기를 원하는 것이었다. 아내가 간 후 집안이 텅 빈 것 같고 삼십 평이 좁기는커녕 넓게만 여겨지면서 휑휑한 느낌을 금할 수 없었으나 그가 돌아오기를 기다리는 것도 또한 기쁨이 되었다.

일만 원이니 뭐니 도시 아내의 꿈이란 것이 좁은 삼십 평의 세계 속에 묻혀 있게 된 까닭에 포태*된 것인데 그의 꿈의 실마리도 이 집과 함께 시작된 것이다. 넓은 집을 바라는 마음에서 일만 원의 발설을 알뜰히 명심하게 되었고 그것이 은연중에 여행의 계획도 된 모양이었다. 행인지 불행인지 아내의 동무들이라는 것이 어찌어찌 모이다 보니 거개 수십만 원대 급에 가는 유한 부인들로서 퍼머넌트의 실물 교육을 하듯이 이들이 어린 아내에게 사치의 맛과 속세의 철학을 흠뻑 암시해 준 모양이다.

이웃에서는 며느리를 가진 안 늙은이들의 입에 오를 만큼 소문이 나서 모범 주부로 첫손을 꼽게 된 아내라고는 해도 아직 스물을 조금밖에는 넘지 않은 어린 나이인 것이라 속세의 철학에 구미가 안 돌 리가 없다. 물욕에 대한 완전한 초월 해탈이라는 것은 산 속에 숨어 있는 도승에게나 지당할는지 속세에 살면서 그것을 무시하기는 어려운 노릇이어서 적어도 사치 아닌 것

보다는 사치에 마음이 기우는 것은 여자—뿐이 아니겠지만—의 본성일 듯도 싶다.

그러나 사치의 한도란 대체 얼마인 것인가. 천에서 만족할 수 있으면 백에서도 만족할 수 있으려니와 천에서 만족하지 못할 때 만에선들 만족할 수 있을까. 필요한 것은 만이나 십만의 한계가 아니요, 천에서라도 만족할 수 있는 심정이 아닐까. 십만 대 급의 유한 부인들의 철학을 나는 속으로 비웃으면서 아내의 일만 원의 일건을 위태하게 여기며 하회*를 기다리는 것이었다.

아내의 친가는 결혼 당시만 해도 몇 십만 대의 호농으로 시골서는 뽐내는 편이었으나 그 시기에 농가의 몰락이란 헐어지는 돌담을 보는 것같이 빠르고 가엾은 것이었다. 재산이라는 것이 대개는 농토나 산림인 것을 무엇을 하느라고인지 은행과 회사에 모조리 넣었다가 좀체 빠지지 않아서 우물쭈물하는 동안에 한몫이 패어 나가기만 했다. 낙엽송의 묘포를 하느니 자동차 회사를 경영하느니 하는 동안에 불끈 솟아오르지는 못하고 점점 쓰러져만 가는 것이다. 일찍 아버지를 여의고 어머니와 두 남매, 아내와 오빠, 즉 이 오빠의 손에서 가산은 기우는 형세를 당했다. 눈에 보이지 않는 속에서 문덕문덕* 나가기 시작한 것이 불과 몇 해가 안 지난 것 같은데 집안은 후출하게* 줄어들고 말았다. 도무지 때와 곳의 이를 얻지 못한 것이 보기에 딱할 지경

이나 생각하면 등 뒤에 그 무슨 조화의 실이 이리 당기고 저리 끌면서 농간을 부리는 것만 같아 어쩌는 수 없다는 느낌도 난다. 부근에 제지 회사가 생기면서부터 벌목이 성하게 된 까닭에 한 고장의 산이 유망하다고 잔뜩 바라고 있는 것이나 그것이 십만 원에 팔릴 희망도 지금 같아서는 먼 듯하다. 아내는 오빠에게 이 산에서의 오만 원을 약속받은 것이나, 어쩌랴 아내의 꿈은 오빠의 운명과 발을 맞추지 않으면 안 되게 되었다. 지금 당장의 일만 원이란 것도 필연코 읍 부근의 토지의 매매에서 솟을 것인 듯하나 이 역운*이 대단히 이로워야 차례질 몫일 듯 골패* 쪽의 장난같이도 허황한 것이다.

일만 원이나 오만 원의 꿈은 어서 천천히 꾸기로 하고 시급한 건강이나 회복해 가지고 오라고 마음속으로 축원하고 있을 때 대망을 품고 고향으로 내려간 아내에게서는 며칠 만에 간단한 편지가 왔다. 대망을 품은 폭으로는 흥분도 감격도 없는 담담한 서면이었다. 어머니의 흰 머리칼이 더 늘었다는 것과 둘째 조카 딸이 예쁘게 자란다는 것을 적어 보낸 것이다. 호박꽃 이야기도, 과수원 이야기도, 옥수수 이야기도 한마디 없는 것이요, 도리어 놀란 것은 진찰한 결과 신경 쇠약의 증세로 판명되었다는 것이다. 도회의 병원에서는 증세를 바로잡지 못하는 것이 왜 하필 시골 병원에서 판명되었단 말인가. 신경 쇠약의 선언을 받으

려고 일부러 시골을 찾은 셈이던가. 만약 말과 같이 신경 쇠약
이라면 그 원인을 만든 내 허물이 한두 가지가 아닐 듯해서 애
처로운 생각조차 났으나 어떻게 병이 병인 만큼 일부러 전지 요
양도 하는 판에 시골을 찾은 것만은 잘 되었다고 안심도 되었
다. 살림 걱정도 잊어버리고 활달한 자연과 벗하고 지내는 동안
에 차차 회복될 것으로 생각한 까닭이다. 될 수 있는 대로 오랫
동안 지니고 간 약이나 먹으면서 마음 편히 지내기를 나는 회답
하면서 마음속으로는 과수원도 거닐고 풋콩도 까고 조카 아이
들과 놀고 거리의 부인들과도 휩쓸리면서 모든 것 잊어버리고
유유히 지내고 있을 그의 자태를 상상해 보는 것이었다.

　뒤를 이어 사흘들이로 편지가 오는 것이 어느 한 고패*를 번
기는 법이 없이 한가한 전원의 풍경을 그려 보내느냐 하면 그렇
지도 않고 멀리 이곳 집안의 걱정과 살림살이의 주의를 편지마
다 세밀히 적어 보낸다, 생선을 소포로 보내온다, 편지 봉투 속
에 돈을 넣어 보낸다 하면서 면밀한 주의는 가운뎃손이 닿을 지
경이다. 그리고는 이곳에 대한 끊임없는 걱정과 조바심인 것이
다. 향수를 못 잊어 고향을 찾는 그의 마음이니 응당 누그러지
고 풀리고 놓아야 할 것임을 그같이 걱정이 자심하고서야 누그
러지기는커녕 도리어 안타깝게 죄어드는 판이니 그러다가는 병
을 고치기는새려 도리어 더치기가 첩경일 듯싶었다. 혹을 떼러

갔다 혹을 붙여 올 것도 같다.

　하기는 걱정이라면 내게도 걱정이 없는 것이 아니었고, 무엇
보다도 그를 보내고 나니 일상의 불편이 이루 한두 가지가 아님
을 당면하게 되었다. 아침 저녁으로 대하는 음식상으로부터 주
머니 속에 드는 손수건 하나에 이르기까지 손이 달라지니 불편
하고 맛 같지 않은 것이다. 아내란 상 위의 찌개 그릇이요, 책상
위의 옥편이라고 할까. 무시로 눈에 뜨일 때에는 심드렁해서 대
수롭게 여기지도 않았으나 일단 그것이 그 자리에 빈 때에는 가
지가지의 불편이 뼈에 사무치게 알려지면서 그 값을 비로소 깨
닫게 된다. 아내 없는 불평을, 더구나 집안을 거느리고 있을 때
의 그 불편을 절실히 느껴 가면서 웬만큼 정양*하고 그만 돌아
왔으면 하고 내 편에서도 느끼게 되었다.

　대체 세상에서 마지막으로 편안하고 마음놓을 곳이 어디인지
아무도 모르는 것일까. 그립고 안심을 얻을 마지막 안식처가 어
디요, 고향이 어디임을 말해 주는 이 없을 듯싶다. 내가 아내 없
는 불편으로 해서 그렇게 안달을 하고 갈망을 하지 않아도 아내
편에서 도리어 조바심을 하고 제 스스로 또다시 돌아온 것이다.
별안간 전보를 치고는 그날로 떠난 것이었다. 불과 한 달도 못
되어서 협착하다고 버리고 간 도회를 다시 찾아왔다. 그리 원하
던 옥수수 시절도 채 못 맞이하고 우유맛이요, 어머니의 젖맛

같다며 즐기는 옥수수 한 이삭 먹어 보지 못한 채 도회에서는 좀 있으면 피서들을 떠난다고 법석들을 할 무렵에 무더운 도회로 다시 돌아온 것이다. 향수에 복받쳐 고향을 찾은 그에게 그리운 것이 또 무엇이었던가. 향수란 결국 마지막 만족이 없는 영원한 마음의 장난인 것인가. 말할 것도 없이 아내는 고향에서 두 번째의 향수, 도회에 대한 향수를 느낀 것이다. 도회가 요번에는 고향같이만 보였을 것이 사실이다. 시골로 떠날 때와 똑같은 설레고 분주한 심정으로 집을 떠나 삼십 평을 찾아든 것이다. 안타깝고 감질이 나던 삼십 평이 조촐하고 알맞은 안식처로 보였을 것이다. 모든 것이—뜰의 꽃 한 포기까지가 새롭고 귀하고 신기한 것으로 보였을 것이다. 집안의 구석구석이 시골보다는 나은 곳으로 보였을 것이다. 물론 한 해를 살아가는 동안에 피곤해지면 또 시골이 그리워질 것이요, 시골로 갔다가는 다시 또 이곳을 찾을 것이요, 향수는 차례차례로 나루를 찾은 나룻배같이 평생 동안 그칠 바를 모르는 것이다.

차에서 내리는 아내의 신색은 떠날 때보다 조금 나아진 것도 같고 도리어 못해진 것도 같다. 퍼머넌트를 날리고 옷맵시가 개운하게 보이는 것은 떠날 때와 마찬가지이나 어쨌든—올 곳에 왔다는 듯 얼굴에는 안도의 빛이 떠오른 것은 사실이다.

"그렇게 푸지게 있을 걸 왜 그리 설레긴 했던구."

"어때요. 이만하면 얼굴 좀 그스렸죠. 군것질 너무 할까봐 걱정이 돼서 뛰어왔죠."

"그래 옥수수 먹을 동안도 못 참았어?"

"수염이 바알개지는 걸 보고 왔어요—익거든 철도편으로 두어 푸대 뜯어 보내라고 일러는 두었지만."

"이 가방 속에는 이게 모두 지전으로 만 원이 들어찼으렷다?"

"찰 뻔했어요."

아내는 조금 겸연쩍은 듯이 빙그레 웃으면서 재게 걷는다.

"일만 원의 꿈이 깨뜨려지도다, 아멘."

"노상에서 자세한 이야기를 드릴 수는 없지만—거리에는 군대가 들어와 양식고가 선다구 땅 시세가 갑자기 올라 발끈들 뒤집혔는데 철도를 가운데 두고 바른편 터가 군용지로 작정되고 왼편 땅이 미끄러질 줄을 누가 알았겠어요? 바로 작정되는 날까지도 어느 쪽으로 떨어질 줄을 몰라 수물거리다가 그 지경이 되고 보니 한편에서는 좋아라고 뛰는 사람, 한편에서는 낙심해서 우는 사람—오빠는 사흘이나 조석을 굶고 헤매는데 그 꼴 차마 볼 수 있어야죠."

"아멘!"

"운이 박할 때는 할 수 없는 노릇 같아요—다음 기회를 노릴 수밖에 어쩌는 수 있나요."

"안 되길 잘했지. 옳게 떨어졌다간 그 만 원 때문에 또 무슨 걱정이 생겼게. 그저 없는 게 제일 편하다나."

사실 당치않은 꿈 깨어진 것이 도리어 마음 편하고, 다행한 노릇이라고 생각한 것은 물질이 가져오는 자질구레한 근심을 잘 아는 까닭이었다. 현재 굳이 만 원이 없어도 좋은 것이다. 아내가 돌아온 것만으로도 불편하던 집이 펴일 것 같아서 반가웠다. 고기를 놓친 것이 아까울 것도 애틋할 것도 없이 빈손으로 간 아내가 빈손으로 오는 것이 얼마나 시원한 노릇인지 모른다.

"두고 보세요. 다음 기회는 영락없을 테니. 사람의 운이 한 번은 이로울 날 있겠지요."

"암, 꿈이란 자꾸 멀리 다가갈수록 좋은 것이라나. 그렇게 수월하게 잡혀선 값이 없거든."

집에 이르렀을 때 아내는 좁은 뜰 안에 한 걸음 들어서자 만면에 희색을 띠고 우거진 꽃숲을 바라보는 것이었다.

"어느새 이렇게 만발이야—카카랴, 살비야, 프록스, 애스터, 따리아, 국화, 해바라기—온통 한창이니."

무지개를 보는 아이와도 같다. 조금 오도깝스럽게* 수다스럽게—기쁨이란 그렇게 표현하는 것이 가장 적당한 듯도 싶다. 카카랴의 꽃망울 하나를 뜯어 가지고는 손가락으로 문질러 물을 들이고 향기를 맡고 하는 것이다.

"호박꽃보다 못 하지 않지."

"호박꽃도 늘 보니까 싫증이 났어요. 흡사 새 집, 새 세상에 처음으로 온 것만 같아요."

복도로 뛰어올라서는 공연히 방 안을 서성거리며, 부엌을 기웃거리며, 마루방을 쿵쿵거리며 현관문을 열어 보며, 제가를 디디고 언덕 아래 강을 굽어보며—흡사 새 집으로 처음 들어온 신부의 날뛰는 양이다. 집을 한바퀴 휑하니 살펴보고 나서야 비로소 안심한 듯이 방에 와 앉으면서 놓이는 마음에 잠시는 어쩔 줄을 모르고 휑하니 뜰을 내다본다.

"다시는 시골을 간다고 발설을 하고 법석을 않으렸다?"

"시골을 다녀왔으니까 오늘의 이 기쁨이죠. 맘이 이렇게 편하고 기쁠 때는 없어요."

그 즉시로 신경 쇠약증이 떨어져 버린 듯이 건강한 신색에 기쁨을 담고는 새로운 감동의 발견에 마음이 흐뭇이 차 있는 모양이었다. 그가 그날 찾아온 데는 삼십 평의 집이 아니라 삼만 평의 집이었는지도 모른다. 그날의 그보다 더 기쁠 사람이 또 있었을까.

낙엽을 태우면서

　가을이 깊어지면 나는 거의 매일과 같이 뜰의 낙엽을 긁어모으지 않으면 안 된다. 날마다 하는 일이건만, 낙엽은 어느덧 날으고 떨어져서 또다시 쌓이는 것이다. 낙엽이란 참으로 이 세상의 사람의 수효보다도 많은가 보다. 30여 평에 차지 못하는 뜰이건만, 날마다의 시중이 조련찮다.* 벗나무, 능금나무—제일 귀치않은* 것이 벽의 담쟁이다. 담쟁이란 여름 한철 벽을 온통 둘러싸고 지붕과 연돌의 붉은빛만을 남기고 집안을 통째로 초록의 세상으로 변해 줄 때가 아름다운 것이지, 잎을 다 떨어뜨리고 앙상하게 드러난 벽에 메마른 줄기를 그물같이 둘러칠 때쯤에는 벌써 다시 지릅떠* 볼 값조차 없는 것이다. 귀치않은 것이 그 낙엽이다. 가령 벗나무 잎같이 신선하게 단풍이 드는 것도 아니요, 처음부터 칙칙한 색으로 물들어 재치 없는 그 넓은 잎이 지름길 위에 떨어져 비라도 맞고 나면 지저분하게 흙 속에 묻혀지는 까닭에 아무래도 날아 떨어지는 쪽쪽 그 뒷시중을 해야 한다.

　벗나무 아래에 긁어모은 낙엽의 산더미를 모으고 불을 붙이면 속에 것부터 푸슥푸슥 타기 시작해서 가는 연기가 피어 오르고, 바람이나 없는 날이면 그 연기가 얕게 드리워서 어느덧 뜰 안에 가득히 담겨진다. 낙엽 타는 냄새같이 좋은 것이 있을까. 가제* 볶아낸 커피의 냄새가 난다. 잘 익은 개암 냄새가 난다. 갈퀴를

손에 들고는 어느 때까지든지 연기 속에 우뚝 서서 타서 흩어지는 낙엽의 산더미를 바라보며 향기로운 냄새를 맡고 있노라면 별안간 맹렬한 생활의 의욕을 느끼게 된다.

연기는 몸에 배서 어느 결엔지 옷자락과 손등에서도 냄새가 나게 된다. 나는 그 냄새를 한없이 사랑하면서 즐거운 생활감에 잠겨서는 새삼스럽게 생활의 제목을 진귀한 것으로 머릿속에 떠올린다. 음영(吟詠)과 윤택과 색채가 빈곤해지고 초록이 전혀 그 자취를 감추어 버린 꿈을 잃은 헐출한 뜰 복판에 서서 꿈의 껍질인 낙엽을 태우면서 오로지 생활의 상념에 잠기는 것이다. 가난한 벌거숭이의 뜰은 벌써 꿈을 배이기에는 적당하지 않은 탓일까. 화려한 초록의 기억은 참으로 멀리 까마득하게 사라져 버렸다.

벌써 추억에 잠기고, 감상에 젖어서는 안 된다. 가을이다. 가을은 생활의 시절이다. 나는 화단의 뒷자리를 깊게 파고 다 타 버린 낙엽의 재를—죽어 버린 꿈의 시체를—땅 속 깊이 파묻고, 엄연한 생활의 자세로 돌아서지 않으면 안 된다. 전에 없이 손수 목욕물을 긷고 혼자 불을 지피게 되는 것도 물론 이런 감격에서부터이다. 호스로 목욕통에 물을 대는 것도 즐겁거니와, 고생스럽게 눈물을 흘리면서 조그만 아궁으로 나무를 태우는 것도 기쁘다. 어두컴컴한 부엌에 웅크리고 앉아서 새빨갛게 피

어 오르는 불꽃을 어린아이의 감동을 가지고 바라본다.

　어둠을 배경으로 하고 새빨갛게 타오르는 불은 그 무슨 신성하고 신령스런 물건 같다. 얼굴을 붉게 태우면서 긴장된 자세로 웅크리고 있는 내 꼴은 흡사 그 귀중한 선물을 프로메테우스에게서 막 받았을 때의 그 태고적 원시의 그것과 같을는지 모른다. 나는 새삼스럽게 마음속으로 불의 덕을 찬미하면서 신화 속 영웅에게 감사의 마음을 바친다. 좀 있으면 목욕실에는 자옥하게 김이 오른다. 안개 깊은 바다의 복판에 잠겼다는 듯이 동화(童畵)의 감정으로 마음을 장식하면서 목욕물 속에 전신을 깊숙이 잠글 때, 바로 천국에 있는 듯한 느낌이 난다. 지상 천국은 별다른 곳이 아니라 늘 들어가는 집안의 목욕실이 바로 그것인 것이다. 사람은 물에서 나서 결국 물 속에서 천국을 구하는 것이 아닐까.

　물과 불과—이 두 가지 속에 생활은 요약된다. 시절의 의욕이 가장 강렬하게 나타나는 것은 이 두 가지에 있어서다. 어느 시절이나 다 같은 것이기는 하나 가을부터의 절기가 가장 생활적인 까닭은 무엇보다도 이 두 가지의 원소의 즐거운 인상 위에 서기 때문이다. 난로는 새빨갛게 타야 하고, 화로의 숯불은 이글이글 피어야 하고, 주전자의 물은 펄펄 끓어야 된다.

　백화점 아래층에서 커피의 낟*을 찧어 가지고는 그대로 가방

속에 넣어 가지고 전차 속에서 진한 향기를 맡으면서 집으로 돌아온다. 그러는 내 모양을 어린애답다고 생각하면서, 그 생각을 또 즐기면서 이것이 생활이라고 느끼는 것이다.

싸늘한 넓은 방에서 차를 마시면서 그제까지 생각하는 것이 생활의 생각이다. 벌써 쓸모 적어진 침대에는 더운 물통을 여러 개 넣을 궁리를 하고, 방구석에는 올 겨울에도 또 크리스마스트리를 세우고 색전기*로 장식할 것을 생각하고, 눈이 오면 스키를 시작해 볼까 하고 계획도 해보곤 한다. 이런 공연한 생각을 할 때만은 근심과 걱정도 어디론지 사라져 버린다. 책과 씨름하고 원고지 앞에서 궁싯거리던 그 같은 서재에서 개운한 마음으로 이런 생각에 잠기는 것은 참으로 유쾌한 일이다.

책상 앞에 붙은 채 별일 없으면서도 쉴새없이 궁싯거리고 생각하고 괴로워하고 하면서 생활의 일이라면 촌음*을 아끼고, 가령 뜰을 정리하는 것도 소비적이니 비생산적이니 하고 멸시하던 것이 도리어 그런 생활적 사사(些事)*에 창조적 생산적인 뜻을 발견하게 된 것은 무슨 까닭일까.

시절의 탓일까. 깊어 가는 가을이, 벌거숭이의 뜰이 한층 산보람을 느끼게 하는 탓일까.

동해의 여인

　동해안의 그는 동해의 정기를 혼자만 타고난 듯이도 맑은 여인(麗人)*이었다. 시절의 탓도 있었을까.

　북방의 이른 봄은 애잔하고 엷은 감촉을 준다. 그런 배경 속에 떠오르는 그도 역시 애잔하고 부드러운 느낌을 주었다. 심홍(深紅)의 저고리와 검은 치마의 조화가 할미꽃의 그윽한 색조와도 같았다. 그 빛깔을 받아 얼굴도 불그레한 반영을 띠었다. 그 모든 것이 독특한 아름다운 인상을 주었다. 눈망울의 초점이 명확은 하나 망연하다.* 개물(個物)을 보는 눈이 아니요, 꿈을 보는 눈이다.

　그의 미는 맺힌 점의 미가 아니요, 흩어진 구름의 미다. 이지미(理智美)라는 것이 있다면 그의 그런 것은 낭만미라고나 할까, 중세기의 재현. 사실 그는 드물게 보는―몇 세기를 넘어서 볼 수 있는 희귀한 여인이었다. 중세기의 왕비인 대신에 현세기의 여인은 여교원이었다. 근심 없는 여교원이라는 것은 없을 것이니 여인의 무비*의 홍안은 근심의 빛이었다. 가슴속에 병마가 근실거리는 것이다. 가엾은 일이다(이야기는 여기에서부터 시작되어야 할 것이다).

　여인에게도 속사(俗事)가 많은 듯하다. 장성한 애제(愛弟)를 데리고 학교에 입학시키러 왔다가 미치지 못하는 재주로 낙망의 결과를 가지고 돌아갔다. 홍안이 더욱 근심에 흐렸을 것이

가엾다. 여인의 속루(俗累)만은 여의(如意)의 해결을 줌이 인류의 공덕일 것 같다. 그의 불여의를 마음 아프게 여겼다ㅡ.

이야기 값에는 안 가나 이것은 구화(構話)*가 아니고 실화이다. 실화란 항용 이야기 값에 못 가는 법이다. 그러나 여인의 구화를 애써 꾸미느니보다는 차라리 그와의 현실의 이야기를 가질 수 있으면 오죽 다행하랴고 생각하였다. 그만큼 그는 반생 동안 기억 속에 적힌 중의 최상급의 여인이었다. 외람한 생각은 나의 죄가 아니다.

그의 성을 모름이 오히려 다행이다. "권(權)"이니 "피(皮)"니를 들었을 때의 환멸을 생각함이다. 이름을 모름이 차라리 행복스럽다. "복금(福今)"이니 "봉이(鳳伊)"니를 들었을 때의 비애를 즐기지 않으려 함이다.

현실의 거리가 먼 그는 그러한 동안 일종 꿈속의 사람이 되고 말았다. 꿈속에서 이모저모 빚는 마음ㅡ역시 소설을 만들려는 마음 이외의 아무것도 아닌 듯싶다. 결국 여인은 소설의 대상인 것이다.

그의 소설은 슬퍼야 될 것 같다. 애잔한 홍안이 그것을 암시한다. 둘째로 여교원이 아니어야 할 것이다. 웬일인지 세상에 여교원같이 소설심을 자극하지 못하는 산문적 존재는 없다(소설 자체는 산문이나 그것을 빚는 정신은 시인 것이다). 셋째로 데설데

설 웃지 말아야 할 것이다. 여인의 웃음은 향기와도 같이 미묘한 것이어서 벌리는 입의 각도가 조금 빗나가도 시심을 상하는 까닭이다. 넷째로 노래를 잊고 침묵해야 할 것이다. 서투른 노래란 마음의 은근성을 도리어 천박하게 하기 때문이다. 돌같이 침묵할 때 마음의 심연은 더욱더욱 심화되는 법이다. 다섯째로…….

그러고 보니 꿈속에서 자라는 동안에 마음의 여인은 자꾸만 이상화하여 가는 것 같다. 인물의 성격이 유형화만 되지 않는다면 이것이 굳이 불행한 일은 아니다. 결국 여인의 운명은 비(譬)하면 "마그리트"의 경우와도 흡사했으면 한다. 거기에 홍안의 여인의 완전한 표현이 있을 성싶다. 굳이 비운과 박명을 원함은 작가의 불행한 악마적 근성이라고도 할까.

잃어진 여주인공이 아니요, 얻어진 여주인공이며, 소설 되다 만 이야기가 아니고 소설 되려는 이야기이다. 하기는 지금에 있어서는 결국 잃어진 주인공이고, 소설이 되다 만 이야기일지도 모른다.

청포도의 사상

육상으로 수천 리를 돌아온 시절의 선물 송이(松茸)*의 향기가 한꺼번에 가을을 실어 왔다. 보낸 이의 마음씨를 갸륵히 여기고 먼 강산의 시절을 그리워하면서 나는 새삼스럽게 눈앞의 가을에 눈을 옮긴다.

남창으로 향한 서탁(書卓)이 차고 투명하고 푸르다. 하늘을 비침이다. 갈릴리 바다의 빛은 그렇게도 푸를까.

벚나무 가지에 병든 잎새가 늘었고, 단물이 고일 대로 고인 능금 송이가 잎 드문 가지에 젖꼭지같이 쳐졌다. 외포기의 야국(野菊)이 만발하고 그 찬란하던 채송화와 클로버도 시든 빛을 보여 간다.

그렇건만 새삼스럽게 가을을 생각지 않은 것은 시렁 아래 드레드레 드리운 청포도의 사연인 듯싶다. 언제든지 푸른 포도는 익었는지 안 익었는지를 분간할 수 없게 하는 까닭이다. 익은 포도알이란 방울방울의 지혜와 같이도 맑고 빛나는 법인 것을, 푸른 포도에는 그 광채가 없다. 물론 맛도 떫으나.

하기는 기자릉(箕子陵)*의 수풀 속을 거닐 때에도 벌써 긴 양말과 잠방이*만의 차림은 어설프고 어색하게 되었다. 머리 위에서는 참나무 잎새가 바람에 우수수 울리고, 지난 철에 베어 넘긴 정정한 소나무의 교목이 그 무슨 짐승의 시체와도 같이 쓸쓸하게 마음을 친다.

서글픈 생각을 부둥켜안고 돌아오노라면 풀밭에 매인 산양이

애잔하게 우는 것이다. 제법 뿔을 세우고 새침하게 흰 수염을 드리우고 독판* 점잖은 척은 하나 마음은 슬픈 것이다. 이 세상에 잘못 태어난 영원한 이방의 나그네같이 일상 서먹서먹하고 마음 여리게 운다.

집에 돌아오면 나도 그 자리에 풀썩 쓰러지고 싶은 때가 있다. 산양을 본받아서가 아니라 알 수 없는 감상이 별안간 뼛속에 찾아드는 것이다. 더욱 두려운 것은 벌레 소리니, 가을 벌레는 초저녁부터 새벽까지 줄달아 운다. 눈물 되*나 짜내자는 심사일까.

나는 감상에 정신을 못 차리리만치 어리지는 않으나 감상을 비웃을 수 있으리만치 용감하지는 못하다. 그것은 결코 부끄러울 것 없는 생활의 한 영원한 제목일 법하니까.

부족한 것이 무엇인지를 모른다. 성적일까. 이야기일까. 등장인물일까. 그 모든 것인지도 모른다. 신비 없는 생활은 자살을 의미한다. 환상 없이 사람이 순시(瞬時)*라도 살 수 있을까.

환상이 위대할수록 생활도 위대할 것이니, 그것이 없으면서도 참참하게* 살아가는 꼴이란 용감한 것이 아니요, 추접하고 측은한 것이다. 환상이 빈궁할 때 생활의 변조가 오고 감상이 스며드는 듯하다.

청포도가 익은 것이요, 익어도 그 역시 청포도에 지나지는 못한다. 시렁* 아래 흔하게도 달린 송이송이를 나는 진귀하게 거

들떠볼 것이 없는 것이요, 그보다는 차라리 지난날의 포도의 기억을 마음속에 되풀이하는 편이 한층 생색 있다.

성북동(城北洞)의 포도원. 3인행(三人行). 배경과 인물이 단순은 하나 꿈이 그처럼 풍요한 때도 드물다. 나는 그들의 치마와 저고리의 색조를 기억하지 못하며 얼굴의 치장을 생각해낼 수는 없으나 그 모든 것은 이미 지나간 것이므로, 꺼져 버린 비늘 구름과도 같이 일률로 아름답고 그리운 것이다. 누르게 물든 잔디 위에 배를 대고 누워 따끈한 석양을 담뿍 받으며 끝물의 포도빛을 바라보며 무엇을 이야기하였으며 어떤 몸짓을 가졌는지 한마디의 과백(科白)*도 기억 속에 남지는 않았다. 산문을 이야기하고 생활을 말하였을지도 모른다. 그러나 지금 생각하면 그것이 결코 현실의 회화*여서는 안 된다. 천사의 말이요, 시의 구절이어야 될 것 같다.

검은 포도의 맛이 아름다웠던 것은 물론이다. 이 추억을 더 한층 아름답게 하는 것은 총중의 한 사람이 세상을 버렸음이다. 나머지 한 사람은 그 뒤 소식을 알 바 없다. 영원히 가 버렸으므로, 지금에 있어서 잡을 수 없으므로 이 한 토막은 한없이 아름답다. 신비가 있었다. 생활이 빛났다. 지난날의 포도의 맛은 추억의 맛이요, 꿈의 향기다.

가을을 만나 포도의 글을 쓸 때마다 이 추억을 되풀이하는 것은 그것이 청포도가 아니고 검은 포도였기 때문일까.

고요한 "동"의 밤

경성에서 나남(羅南)까지는 약 10리의 거리였으나 나는 나남을 문 앞같이 자주 다니게 되었다. 경성의 마을을 사랑하는 한편 나남의 거리도 마음에 든 까닭이었다. 기차로도 다니고 버스로도 달리고 때로는 고개를 걸어 넘기도 하였다.

그곳에 간 지 달포도 못 되어 나는 거리의 생활의 지도를 역력히 머릿속에 넣어 버렸다. 빵은 카네코가 제일이요. 책사는 북광관이 수수하고, 찻거리는 팔진옥에 구비되었고, 커피는 "동"의 것이 진짬*이라는 것을 횅하게 익혀 버렸다.

빵 한 근을 사러 10리 길을 타박거릴 때도 있고 커피 한 잔 먹으러 버스에 흔들린 때도 있었다. 빈 속에 커피를 마시고 버스로 고개를 넘기같이 위험한 일도 적다. 가솔린 냄새에 속이 훑이고 금세 구역질이 나는 것이다. 나는 견디기 어려운 10분 동안을 간신히 참으면서 세상에서 제일 싫은 것이 무엇이냐고 물을 때 서슴지 않고 경성과 나남 사이를 버스로 달리기라고 대답할 것을 마음속에 준비하면서 그 지긋지긋한 고생을 꿀꺽 참을 수밖에는 없었다.

그러면서도 그 고맙지 않은 차를 먹으러 또 나남으로 가는 것이다. 차를 먹고 빵을 사들고 고개를 타박타박 걸어 넘는 때가 많았다. 고개는 시절에 따라 자태를 바꾸었다. 이른 봄에는 회초리만 남은 이깔나무의 수풀이 자줏빛을 띠고 잔디밭이 보료같이 따뜻하다. 여름에는 바다가 멀리 시원스럽게 내려다보이

고, 가을에는 고개 밑 능금밭에 익은 송이송이가 전설 속의 붉은 별같이 다닥다닥 나무 사이에 뿌려진 것이 상 줄 만하다.

겨울에는 한층 공기가 차고 맑아 눈발이 휘날리는 속을 부지런히 걷노라면 몸이 후끈 더워져 어느 때보다도 유쾌한 체온의 조화를 준다. 산마루턱에 올라서 바다를 향하여 더운 몸의 물을 줄기차게 깔리노라면 고개 양편의 마을과 거리가 내 것 같은 호돌스런 느낌이 난다.

나남은 넓게 헤벌어진 휑뎅그렁한 거리였다. 넓은 들판에 토막집들을 달룽달룽 들어다가 붙여 늘여놓은 듯한—모두가 새롭고 멀쑥한 거리였다. 새로운 지붕과 벽돌에는 묵은 이야기도 없고 으늑한 이끼가 끼어 있을 리도 만무하다. 얄팍한 집안에는 얄팍한 생활이 있을 뿐이었다.

이 거리에 단 하나 운치 있는 것이 있었으니 한 대의 낡은 마차였다. 먼 외국 어느 거리에서라도 주워 온 듯한 여러 세기 전의 산물인 듯도 한 검은 고귀한 낡은 마차. 한 필의 밤 빛깔 말이 고래를 의젓이 쳐들고 점잖고 고요하게 마차를 끌었다. 역에서 내린 손님을 싣고—라면 벌써 산문이 되어 버리고 마나 안에 탄 사람이 보이지 않게 검은 휘장을 내리고 모자 쓴 늙은 마부가 앞에 앉아 말을 어거하며* 고요한 거리를 바퀴 소리를 가볍게 내며 굴러가는 풍경은 보기 드문 아름다운 것이었다.

그 무슨 그윽한 옛이야기를 싣고 그것을 헤쳐 보이는 법 없이 시침을 떼고 의젓이 지나가는 것이다. 애숭이 거리에는 아까운 한 폭의 그림이었다. 나는 거의 경이에 가까운 눈으로 그 한 폭을 무한히 즐겨 하였다.

찻점 "동"—이것이 또한 나에게는 중하고 귀한 곳이었다. 그곳을 바라고 나는 거의 일요일마다 10리의 길을 걸었다. 공원 옆 모퉁이에 서 있는 조촐한 한 채의 집—그것이 고요한 "동"—마차와 함께 거리의 그윽한 것의 하나였다. 붉은 칠이 벗겨진 DON의 글자가 밤에는 푸른 등불 밑에 깊게 묻혀 버린다. 나는 이 이름의 유래는 모르나 아름다운 이름으로 기억하게 되었다.

문을 밀치고 들어가면 단칸방에 탁자와 의자가 꼭 들어찼다. 벽에는 쉴러의 얼굴이 붙었다, 탈이 걸렸다 하였다. 창의 휘장도 시절을 따라 변하여 여름에는 검은 명주의 커튼이 걸리고, 철이 늦으면 아롱진 두툼한 것으로 갈려졌다. 겨울이면 복판에 난로가 덥고, 크리스마스 무렵에는 한편 구석에 크리스마스 트리가 신선하게 섰다.

낮이면 사단의 초등병 상등병들이 그 속에 꽉 차는 까닭에 내가 그 속에서 보내는 시간은 어느 때나 밤이어야 한다. 마을로 가는 막차 시간 11시까지의 밤을 그 속에서 지우는 것이었다.

주인은 나중에 집에서 기른 닭고기를 나에게 대접하고 진을 따라 주게까지 되었다. 커피는 처음에는 마련 없던 것이 거리에

남양에까지 다녀와 커피맛에 살찐 친구가 있어서 그의 권고로 나중에는 모카, 쩨버, 믹스트의 세 가지를 구별해서 내게까지 되었다. 굵은 눈송이가 휘날리는 밤을 나는 그 안에서 난로와 차에 몸을 덥혀 가며 이야기에 휩쓸리거나 레코드에서 흐르는 "제 두 아무울"의 콧노래에 귀를 기울이곤 하였다.

적적한 곳에서 나는 나의 감정을 될 수 있는 대로 화려하게 치장함으로써 먼 것을 꿈꿀 수밖에는 없었다. 생활은 재료만이 아닌 것이다. 중요한 것은 그 향기다. 감정, 분위기, 향기를 뺏길 때 그곳에는 모래만이 남는다. 나는 늘 이 향기를 잃어버릴까를 두려워하며 언제든지 그것을 주위에 만들고야 만다. "동"은 그때의 나에게 이 향기를 준 곳이었다. 고요한 곳에서 그 향기를 찾으려고 나는 10리의 밤길을 앞두고 눈 오는 밤을 그 속에서 지우는 것이다.

간간이 레코드 회사 출장원이 내려와 레코드 연주회를 열 때가 있었으니 그것은 늘 귀한 진미가 되었다. 꿈은 한결 풍성하였다.

물론 주인들과 문학 이야기에 잠기는 수도 있었다. 주인 S와 그의 아내와 처남 T와의 세 사람이 모두 문학에 관하여서는 제법 각각 자신의 의견과 말이 있었다. S는 지방 신문의 기자였으나 호담스런 비위에 연말이면 연대장쯤을 찾아가서 객실에 몇 시간이든지 버티고 앉았다가 기어코 금일봉의 봉투를 우려내고야 마는 위인이었다. 그것을 정당한 것으로 주장하고 봉투에 든

액수가 70원밖에는 안 된다고 투정을 내는 위인이었다.

　동경서 비비대다가 결국 밀려난 것이었으나 그곳에 뒹굴고 있을 때에는 정당 연설을 하다가 난투 속에 휩쓸려 얻어맞기도 하고 한동안은 좌익 시인 노릇도 해보고 사회 운동에 몸을 던져도 보았다가 종시 밀려난 것이었다.

　아내는 북국의 광산에서 자라난 농부의 딸이었으니 직업 부인으로 산지사방 구르다가 S와 지내게 되었고 지식 청년인 처남 T 역시 하릴없이 그들을 좇아나와 거북스런 식객 노릇을 하고 있는 판이었다. 동맹 휴교를 지도하다가 반대파에게 맞았다는 칼침의 흔적을 자랑삼아 몇 번이든지 말하고 보이곤 하였다.

　그러나 그것은 지나간 꿈의 부스러기요, 가게에서는 한다 하는 쿡 노릇을 하면서 커피 자랑과 단벌의 빛나는 그의 구두 자랑을 하는 것이 격에 맞아 보이는 것이다.

　같은 고향 출신의 동경에 있는 몇 사람의 신진 작가 이야기를 비교적 자세히 털어놓곤 하였다. S는 한 사람의 여류 작가와의 연애 사건까지 헤쳐 말하였으니 눈치로 보아 그것이 허황한 거짓말만도 아닌 듯하였다. 그 여류 작가는 당시 대잡지에 등장하여 익숙한 단편을 발표하고 있었다. 북국의 광산의 음산한 공기가 방불하게 나타나 그들의 지난 생활은 그랬으려니 짐작하기에 족하였다.

　어느 때인지 신문에 발표된 어떤 우익 여류 작가의 단편을 칭

찬하였을 때, S부인은 대단히 불만한 표정을 하였다. 놀라운 기술을 말하다가 범연한 그의 태도에 나는 밑천도 못 찾고 객쩍스런 느낌을 마지못하였다. 그들에게는 철없이 경박하다가도 때로는 확실히 그러한 고집스런 진실한 일면이 있었다. 거짓 장식만이 아닌 뿌리 깊은 생각이 있었다. 가령 이런 일이 있었다. 연대의 초등병 가운데에도 그들의 고향 가까운 곳 사람들이 많았다.

군영 안에서는 책을 금하는 까닭에 그 중의 몇 사람은 가게를 통하여서 붉은 책을 청하였다. 거리에 나와 읽다가 귀영 시간이 되면 가게에 맡기거나 급할 때에는 길거리 풀밭 속에 버리고 영으로 돌아가는 습관인 것을 한 번은 부주의로 책자를 품에 지닌 채 돌아갔다가 기어코 발각이 난 것이었다. 당사자가 감금을 당한 것은 물론이거니와 책자의 출처가 문제되어 "동"에까지 손이 뻗쳐 오고야 말았다.

하루는 T가 돌연히 집으로 찾아와서 그 일건의 전후 곡절을 이야기하고 그 하룻동안 몸을 맡아 달라는 연유를 말하였다. 손길을 피하고 있는 중이었다. 그러나 사건 내용도 그렇단 것이 아니었으나 결국 S가 그의 지위를 이용하여 사면 팔방으로 분주히 청을 넣고 하여 T의 일신이 무사히는 되었다. 당사자인 병졸이 군법 회의에까지 돌았는지 어쨌는지는 그후 못 들었으나 확실히 시끄러운 조그만 사건이었다. T들에게는 그러한 일면도 있기는 있었다.

　"동"에 단골로 다니는 패에 색다른 한 사람의 토목 기사와 백
화점의 사무원과 거리의 관리와 남에서 돌아온 실업자가 있었
다. 토목 기사와 사무원은 제법 음악에 대한 소양이 놀라웠다.
청진에 고명한 재즈 가수의 연주회가 있었을 때에도 토목 기사
만은 동행을 한 처지였다. 가족들과 이 모든 사람들이 어울리면
가게 안은 웅성웅성 즐거웠다.

　나는 눈 내리는 여러 밤을 그 안에 휩쓸려 막차 시간을 기다리
면서 정신 없이 시간을 보내곤 하였다. 북국의 눈송이는 유달리
굵다. 그리고 밤의 눈이란 깊은 푸른빛을 띠는 것이다. 창 기슭
에 쌓이는 함박 같은 눈송이를 두터운 휘장 틈으로 내다보며 난
로와 더운 차에 얼굴을 붉히노라면 감정이 화려하게 장식되고
찬란한 꿈이 무럭무럭 피어 올라 가게 안에 차고 먼 아름다운
것이 눈앞에 보여 오곤 하였다. 그 아름다운 것이 무엇인지는
모른다. 형상도 아무것도 없는 다만 부연 안개일는지도 모른다.
그 안개가 생활에 대단히 필요한 것이다.

　나는 안개 속에 많은 밤을 그 안에서 지냈으나 생각하면 다행
한 일이었다. 안개 없이는 살 수 없는 까닭이다. 문학도 그 속에
서 그것을 찾을 수 있을 때에 한층 생색 있는 것이 된다. 나는 끊
임없이 내 주위에 "동"의 안개를 꾸며내고 뱉아내려고 애쓴다.

수선화

내가 만약 신화 속의 미장부(美丈夫) 나르시스였다면 반드시 물의 정(精) 에코의 사랑을 물리치지 않았으리라. 에코는 비련에 여위고 말라 목소리만이 남았다. 벌로 나르시스는 물 속에 비치는 자기의 그림자를 물의 정으로만 여기고 연모하고 초려(焦慮)하다가* 물 속에 빠져 수선화로 변하지 않았던가. 애초에 에코의 사랑을 받았던들 수선은 세상에 태어나지 않았을 것이다.

이른 봄에 피는 꽃으로 수선화에 미치는 자 없으나 유래와 전설이 슬픈 꽃이다. 애잔한 꽃판과 줄기와 잎새에 비극의 전설이 새겨져 있지 않은가.

이왕 꽃으로 태어나려거든 왜 같은 빛깔의 백합이나 그렇지 않으면 장미로나 태어나지 못하고 하필 수선이 되었을까. 쓸쓸하고 조촐하고 겸손한 모양, 기껏해야 창가의 화병에서나 백화점 지하실 꽃가게에서 볼 수 있는 것이지만 그 어느 때 본들 화려하고 찬란한 때 있으리.

언제나 외롭고 적막한 자태. 서구의 시인들같이 벌판에 만발한 흐뭇한 광경을 보지 못했으나 그역* 그 빛깔 그 자태로는 번화하고 명랑할 리는 없다.

원래는 슬프게 태어난 꽃이라 시인들은 자꾸 슬프게만 노래한다. 수선은 자꾸자꾸 슬픈 꽃으로만 변해 간다.

　어릴 때 벌판에서 수선화를 뜯고 놀던 마이켈과 라이온은 자라자 한 사람의 소녀 메어리로 말미암아 수선화 핀 그 벌판에서 드디어 사생(死生)을 결하려다가 두 사람 다 자멸해 버린다. 슬픈 노래 중에서도 이 「수선화 피는 벌판」같이 슬픈 시도 드물다.

　수선화 자신의 허물이기는 하나 슬픈 인상만을 더하게 해가는 데는 이런 시인의 죄가 또한 큰 것이 아닐까.

　사랑하는 사람에게 보낼 양으로 수선화의 묶음을 사들고 나서는 소녀같이 가엾은 소녀는 없을 것이며, 병들어 누운 그리운 사람에게 수선화의 분(盆)을 선사하는 사람같이 어리석은 사람은 없다. 같은 값이면 백합이나 장미나 프리지어를 선사함이 옳은 것이다. 하필 수선을 고를 필요는 없는 것이다. 백화점 지하실에서 운명의 유래에 떨면서 뉘 손을 거쳐 뉘 방으로 가게 될까를 염려하고 있을 수선화의 목숨을 상상해 보라. 자신의 신세가 애처롭기는 하나, 그러나 굳이 비극을 사갈 사람은 없을 법하다.

　다행으로 아직 수선의 선물을 보낸 적도, 받은 적도 없었거니와 앞으로 받게 된다면 신경의 관념에 사로잡히지 않을까를 두려워한다.

　언제인가 오랜 병석에 누웠을 때 시네라리아의 화분을 선사한 이 있었다. 나중에 이 이야기를 듣고 병석에 꽂은 내 것이라고

펄쩍 뛴 동무가 있었으나 시네라리아의 화분은 수선화의 묶음
보다는 그래도 낫지 않을까 생각한다.

　세상의 젊은 남녀들이여, 수선화의 선물을 삼갈 것이다. 스스
로 비극을 즐겨하고 전설의 환영(幻影)을 사랑하는 이는 예외이
나, 슬픈 병에다 수선화를 꽂아 놓고 차이코프스키의 「파세틱」
을 들으며 멸망의 환상에 잠기는 것은 비참한 아름다움이다. 수
선화는 참으로 그때의 소용인 것이며, 그때의 빛나는 꽃이 아닐
까.

화초 I

꽃가게에서 꽃을 사들고 거리를 걸으면 길 가던 사람들이 누구나 다 그 꽃묶음을 부럽게 바라본다.

나는 사람들의 그 눈치를 아는 까닭에 꽃을 살 때에는 반드시 넓은 종이에 묶음을 몽땅 깊게 싸 도록 꽃 주인에게 몇 번이고 거듭 청한다. 그러나 요새는 종이가 귀해서 길거리의 꽃장수는 물론이요, 큼직한 꽃가게에서도 전에는 파라핀지나 그렇지 않으면 특비(特備)의 포장지에다가 싸 주던 가게에서도 신문지를 쓰게 되었고, 그것조차 넓은 것을 아껴서 좁은 토막 종이로 대신하게 되었다. 아무리 잘 싸 달라고 졸라도 대개 꽃송이는 밖으로 내드리우게밖에는 되지 않는다. 자연 사람들의 시선을 받게 된다. 전차를 타고 보도를 걸어도 사람들은 염치 없이 꽃묶음에 눈을 보낸다. 아이들은 그 한 가지를 원하기까지 한다. 꽃을 사람에게 보임이 조금도 성가시거나 꺼릴 일은 아닌 것이나 번거로운 시선을 한몸에 받게 됨이 결코 유쾌한 일은 못 된다. 고집스런 눈을 받을 때에는 귀찮은 생각조차 든다.

그러나 이는 반가운 일이다. 사람들은 꽃을 사랑하는 것이다. 보기를 좋아하고 가지기를 원하는 것이다. 그것이 누구의 것이든 그 아름다움에 무의식 중에 눈이 끌리게 되고 염치 없이 바라보게 되는 것이다. 아름다운 까닭으로이다.

꽃을 좋은 줄 모르고 짓밟아 버리고 먹어 버림은 돼지뿐이다.

돼지는 꽃을 사랑할 줄 모른다. 돼지만이 꽃을 사랑할 줄 모른다.

　세상의 뭇 예술가여, 안심하라. 사람들은 누구나 꽃을 사랑할 줄 알고 아름다운 것을 분별할 줄 아는 것이다. 이 천성은 변할 날이 없을 것을 단언하여도 좋다.

　돼지에게까지 꽃을 알리려고 하지 않아도 좋은 것이며, 그 노력이 실패되었다고 슬퍼할 것도 없는 것이다.

　대조(大朝)의 D씨가 하룻밤, 꽃묶음을 들고 찾아왔다. 처음 방문이라 선물로 가져왔던 모양이었다.

　해바라기, 간드랭이, 야국(野菊), 야란(野蘭) 등의 길게 꺾은 굉장히 큰 한 묶음이다.

　신문인이라 신문지쯤 아낄 것 없다는 듯이 4면 전폭(四面全幅)에 싼 것이나 오히려 종이가 좁다는 듯 꽃은 화려한 반신을 지폭(紙幅) 밖으로 드러내고 있다. 그것을 심을 화병은 세상에 없을 법하다. 회령 자기(會寧磁器)인 조그만 물빛 항아리를 내다가 꽂으니 그 화용(華容)이 거의 창의 반면을 차지하게 되었다.

　"뜰의 것을 꺾어 왔답니다."

　나는 그 말에 놀랐다. 그의 집 뜰이 얼마나 넓은지는 모르나 그도 도회인이라 가게에서 오히려 사들여야 할 처지에 뜰 어느

구석에서 그 많은 꽃을 아끼지 않고 꺾어냈단 말인가. 그 흐붓
한 가지가지의 꽃을 꺾어낼 때 조금도 아까운 생각이 없었단 말
인가.

"원, 저렇게 많이 꺾어내다니."

"워낙 흔하게 피어 있으니까요."

그때 방에는 조그만 화병에 코스모스와 천차초(天車草)의 한묶
음이 꽂혀 있었으나 물론 거리에서 사 온 것이었다. 집에도 코스
모스, 천차초뿐이 아니라 프록스, 샐비어, 금잔화, 백일홍, 봉선
화 등이 피어는 있다. 그러나 나는 그 한 송이도 꺾어내기를 아까
워한다. 병에 꽂는 것은 대개 밖에서 사 온다. 아이들이 꽃 한 송
이를 다쳤다고 얼마나 호되게 꾸짖고 책망하는지 모른다.

D씨가 꽃을 사랑하지 않을 리는 만무한 것이요, 사랑하니까
선물로도 가져온 것임을 아는 것이나, 흔하게 피어만 있으면 그
렇게 듬뿍 꺾어낼 수 있는 것인지 어쩐지 나는 그의 그 대도(大
度)*의 아량이 부러워 견딜 수 없다. 한꺼번에 그렇게 듬뿍 꺾어
내고도 아까워하지 않는다니!

내게 만약 수백 평의 뜰이 있어 그 속에 백화가 지천으로 피어
있다고 치더라도 나는 동무에게 선사할 때 그 값어치를 거리에
서 사 갔으면 사 갔지 뜰의 것을 꺾어낼 성부르지는 않다.

나는 욕심쟁이인 것인가, 인색한인 것일까.

화초 2

　무슨 꽃이 제일 좋으냐 물을 때 이 "제일"이 가장 대답하기 곤란하다. 미인들을 늘어세우고 누가 제일 마음에 드느냐 묻는다면 조금도 후회 없을 무리한 대답을 할 사람이 드물 것과도 마찬가지다. 장미를 제일이라고 대답할 사람이 튤립이나 카네이션의 여태(麗態)*를 보고 애틋한 뉘우침이 없을 것인가. 노방*의 왜소한 한 포기 채송화에겐들 마음을 혹하지 않을 것인가. 다 좋은 것이다. 꽃에 관한 한 공연한 투정을 부리고 기호를 까다롭게 선언함같이 어리석은 짓은 없다. 꽃에 관한 한 일원적 귀결의 필요는 없는 것이며, 박애주의가 반드시 취미의 범속됨의 좌증(左證)*도 아닌 것이다.

　마음이 잔뜩 가스러져서* 그른 것을 보나 좋은 것을 보나 반드시 한마디 이치를 캐고 공격을 해야만 마음이 시원한 현대인의 교지(狡智)*에 대해 화초애의 순진성이 하나의 교정역(矯正役)이 되기를 바란다. 왜곡된 교지 앞에 무엇인들 아름답고 좋은 것이 있으랴. 다 흠이 있어 보이고 차지 않아 보인다. 아름다운 것을 헐어 보고 완전체를 바늘 끝으로 따짝거려* 흥을 발견해내기란 누구나 할 수 있는 가장 쉬운 노릇이다. 그러나 슬픈 일인 것이다. 그런 말소적(末消的) 교지란 제 스스로를 불행하게 만들 뿐이다. 그릇된 산문 정신으로 행여나 마음의 순결성까지를 몽땅 잃지 말 것이다. 솔직하게 감동할 수 있는 마음만이 참

된 대지(大智)*를 낳는다. 화초를 바라보고 바보같이 감동할 수 있는 심정을 배움이 좋다고 생각한다.

카카리아를 5, 6년째 심어 오는 것은 이 꽃이 제일이라고 생각한 탓은 아니나, 그러나 또 장미 같은 꽃보다 못하다고도 생각하지 않는 까닭이다. 일년생의 초목이요, 초본과의 꽃으로 세상의 화당(花黨)은 그다지 귀하게 치지는 않는 것이나 카카리아의 감각은 버릴 수 없이 아담한 것이다. 신선한 잎새가 식욕을 느끼게 하고 가느다란 대궁 위에 점점이 피는 붉은 꽃은 여인의 파자마의 보풀보풀한 붉은 단추를 생각나게 한다고 할까. 왕가새의 일종으로 말하자면 그것이 양종*이다. 야생의 거칠고 빛도 변변치 못한 왕가새에 비길 바가 아니다. 깨끗하고 선명하고 조금 화려한 것이 뭇 꽃 중에서 가히 상 줄 만하다. 푸른 꽃―가령 천차초 등속도 좋으나―속에 이 꽃을 섞어 심어 가을 늦게까지 그 붉고 푸른 대조를 바라봄은 유쾌한 일이다. 나는 이 꽃을 내 집 뜰 이외에서는 본 적이 없다. 아마 이 종자의 보지자(保持者)는 이 고장에서 나 혼자일는지도 모른다. 절종(絶種)을 겁내 가을이면 반드시 씨를 받아서는 간직해 내려오는 중이다. 소설책을 낼 때 화가 C는 장정에 이 꽃의 모양을 뜨려고 화첩을 가지고 와서 여러 장의 세밀한 스케치를 해갔다. 결국 쓰이지는 않았으나 언제나 한 번 이 꽃의 찬(讚)을 쓰고자 한다.

　나무꽃도 좋기는 하나 좁은 들을 치장하는 데는 역시 일년생의 초본화가 적당한 듯하다. 평범은 하나 나는 해마다 심는 그 꽃 그대로를 계속해 온다. 카카리아에 프록스, 샐비어, 프리뮬러, 천차초, 애스터 등속을 족생(簇生)*시킨다.

　흰 꽃이 피는 장미와 라일락은 되려 이를 옮겨 뜰 구석쟁이로 귀양 보내고 말았다.

　맨스필드는 단편 속 여주인공으로 하여금 라일락은 꽃이 아니라고 말하게 했다. 나도 동감이다. 향기가 좋을 뿐이지 훌륭한 꽃은 못 된다. 담자색의 빛깔은 그윽하다느니보다는 우울하고 첫째 꽃의 모양이 분명하지 못하다. 맺힌 데가 없고 난잡하고 헤벌어져서 꽃의 옳은 모양을 잃어버렸다. 품 있는 꽃의 할 짓이 아니다.

　진홍의 줄기장미를 심어 뜰에 문을 만들어 보았으면 하는 생각은 있어도 나무꽃을 심어 보고 싶은 욕심은 없다. 잡초 속에 키 얕은 화초 우거진 것이 가장 운치 있는 것이다. 뜰 한구석에 고사리 포기나 우거지고 도라지꽃이나 나 사이사이에 피어 있다면 여름 화초의 아취(雅趣), 그에 지남이 있을까.

독서

시기가 늦게 도스토예프스키를 읽으면서 세상의 소설가는 도스토예프스키 한 사람임을 새삼스럽게 느꼈다. 고금의 수많은 모든 소설가를 모조리 없애 버린다고 하더라도 꼭 한 사람 도스토예프스키만을 남겨 놓는다면 소설의 세계에는 족한 것이다.

인간을 그리는 것이 소설의 본도라면 도스토예프스키같이 뭇 인간을 낙자가 없이 잘 그린 작가는 없었다. 아무 인간이나 한 번 그의 손아귀에 걸리면 뼛속까지도 허물어 벗기고야 만다. 도스토예프스키는 무거운 작가다. 조물주의 버금 가는 사람이거나 그렇지 않으면 악마이거나 하다. 온전한 보통 사람이고서야 그렇게까지 인간의 비밀을 샅샅이 허비적거려*낼 수는 없을 것이다.

나는 이제 와서 늦게서야 도스토예프스키 문학의 진미를 알게 된 것을 유감으로 여긴다. 전에도 그의 문학을 더러 읽지 않은 것은 아니나 진짬으로 그 좋음을 알게 된 것은 비로소 오늘에 이르러서이다. 그때 그의 문학을 통독할 기회가 있었던들 오늘같이 그를 이해하고 즐기지는 않았을는지도 모른다. 역시 오늘 그를 알게 된 것이 다행인지도 모른다.

어릴 때 체홉을 통독한 일이 있었으나 그를 참으로 알았다고는 할 수 없었다. 체홉을 안 것도 역시 오늘이다. 오늘 체홉을 읽으면 그때에 놓쳤던 무수한 좋은 맛이 비로소 알려지는 것이다. 한 작가를 읽음이 일렀다고 소득이 대중없이 많은 것도 아

니고 늦었다고 그다지 손(損)* 가는 것도 아니다. 이 점 후대의 작가는 안심하여도 좋은 것이다.

도스토예프스키의 문학은 답답하고 어둡고 심술궂고 고약하고 끔찍하고 무섭고 지리하지만 그의 제작의 근본 동기는 사랑에 있는 듯싶다. 작중에 나오는 인물들이 대개 우울하고 괴팍스럽고 성미가 복잡하고 때로는 악마의 풍시(風視)*를 띠는 것이나 그 근본 심정들은 거의 착하고 무르다. 작자 도스토예프스키는 의식적으로 그런 인물의 창조에 주의를 기울인 것 같고 그의 모든 작품의 주제는 사랑의 고창(高唱)*이 있을 듯싶다.

"그(인생의) 목적이라는 건 별 것 아니다. 이이사가 날마다, 시간마다. 아니 한평생 동안 끊임없이 자기에 대한 그의 다정(多情)*을 느껴 주었으면 하는 것이었다. (어떤 인간에게든지 이 이상의 목적은 있을 것이 아니요, 또 있을 수 없는 것이다!)."

답답한 웰리챠니노프의 꼭 하나의 속심정은 이것이었다. 툴소스키와의 기묘하고도 복잡한 관계를 가지고 있으면서 정리되지 못한 어지러운 생활 속에서 원하는 것은 꼭 한 가지 이것이었다. 지난날의 과오로 떨어뜨리게 된 유일의 혈윤(血胤)* 이이사에 대한 사랑은 날로 간절해져서 갖은 툴소스키의 박해에도 굽히지 않고 이이사를 구원하려고 노력하고 마음을 바순다. 이이사가 클로오냐의 별장에서 병들어서 드디어 세상을 떠나게 되었을 때

의 웰리챠니노프의 비명은 얼마나 큰 것이었던가. 그의 복잡한 인생의 유일의 목적은 이이사를 사랑하고 기르고 낚구자는 것이었다. 그러한 희망도 앞길도 없는 그는 단 한 사람 이이사에게 모든 희망을 걸고 있었던 것이다. 인생 유일의 이념을 사랑에서 찾는 것쯤 누구나 하기를 즐겨 하고 하는 일이나 도스토예프스키를 읽을 때에는 그것이 마치 금세 하늘에서나 떨어져 온 새로운 이념인 듯도 한 신선미를 가지고 육박해 온다. 역시 작가적 재능과 수완으로 말미암은 듯하고 그의 우울한 인생에 접해 오면 마지막 결론에 이르러 사랑을 찾는 외에는 도리가 없는 것이다. 그러므로 그의 사랑은 언제나 새로운 것이다.

지드는 그런 뜻의 말을 했던 것 같으나 도스토예프스키는 위대한 산맥이다. 예로 광맥이라고 할 것이 아니라 수다한 광맥과 그 외의 가지가지의 것을 품은 위대한 산맥이라고 할 수밖에는 없다. 뭇 산들과 흐름이 여기에서 기원된다.

근대 문학의 수많은 흐름은 그 근본을 캐어 보면 참으로 모두 도스토예프스키의 문학에서 발원된 것들이다. 근대 문학의 모든 요소와 방향을 휩쓸어 싸 가지고 있는 것이 그의 문학이다. 오늘의 어떤 어떤 작가가 도스토예프스키의 어떤 어떤 면을 본받고 배웠다는 것을 나는 지금 실례를 들어 일일이 지적할 수가 있다. 그렇듯 그의 문학적 영향은 크고 명료하다. 이것은 아무도 부정할 수 없는 것이다.

노마*의 10년

  고등 보통학교 1학년 때, 이름을 잊었으나 젊은 영어 교사 한 분이 있어서, 시간마다 하는 소리가 소설 안 읽는 건 바보라기에 소설이라는 게 얼마나 소중하고 좋은 것인가 하고, 그것이 아마도 마음속에 어지간히 배었던 모양이었다.

  2학년, 3학년을 기숙사에서 지내게 되었는데, 당시에는 미상불* 문학열이 높아서 사생(舍生)* 중의 그 어느 한 사람 책꽂이에 소설본 두서너 권 안 꽂은 사람이 없었다. 공중(公中)에서도 웬일인지 함경도 출신의 사범생(師範生)간에 특히 열이 심해서, 그들이 탐독하는 것은 대개 노문학서(露文學書)로 톨스토이, 투르게네프, 체홉의 작품들이었다. 그들은 거개 의지가 견고한 우수한 학도들로 타도 사람으로서도 본을 받기에 족해서 내 자신 그들에게서 받은 영향이 큰 듯하다.

  가장 많이 읽은 것은 체홉의 단편집이었다. 14, 5세에 체홉을 읽는단들, 그 멋을 알고 정확히 이해할 수는 만무하다고 생각되나 일종의 문학의 분위기를 그런 데서 터득했던 것은 사실일 듯하다. 북국의 자연 묘사라든지 각색 인물의 변화에 모르는 속에 흥미를 느껴 갔던 듯하다. 한 가지 그릇된 버릇은 어디서 배웠던 것인지 작품 속에서 반드시 모럴*을 찾으려고 애쓴 것이어서, 가령 단편 「사랑스런 여자」같이 주제가 또렷하고 모럴이 암시가 있는 작품만을 좋은 것이라고 여긴 것이었다. 이런 버릇은

문학 공부에 화* 되면 화 되었지 이로울 것은 없었고, 더구나 체홉을 이해함에 있어서는 불필요한 것이었다. 당시 체홉을 읽되 그의 진미는 모르고 지냈던 것이다. 지금 와서야 겨우 체홉의 문학의 동기라든지 맛을 참으로 알게 되었음에랴.

참으로 문학 소년에게는 체홉은 어려운 대상이요, 과한 목표이다. 그렇기 때문에 반드시 체홉을 사숙(私淑)*했다고 할 수는 없으며 그후 잡다한 작가를 읽어서 그 모든 것에서 혼동된 영향을 받았다고 봄이 마땅할 듯하다.

이런 전기를 지나 문단적으로 처음 소설이라고 썼던 것이 『조선지광(朝鮮之光)』에 발표된 「도시와 유령」이었다. 파인(巴人)*의 호의적 인도에 힘입음이 많았다. 다음 동지(同誌)에 「기우(奇遇)」를 발표했던 것도 역시 씨를 통해서였고 씨가 신문사를 나와 잡지 『삼천리(三千里)』를 시간(始刊)했을 때에는 동지를 통해서 「북국점경(北國點景)」등 단편을 발표하게 되었다. 희곡도 시험해서 이때를 전후해서 무수한 작품을 썼으나 사정에 의해 활자화되지 못한 편도 많았다.

본격적으로 작품이 시작된 것은 학부를 마치기 전후해서 잡지 『대중공론(大衆公論)』에 「노령근해(露領近海)」등을 쓴 때부터였다. 이때는 시대색(時代色)도 뚜렷해서 누구나의 작품에나 일관된 채색이 있었다. 사실주의 시대인지는 모르나 기실은 낭만주의 시

대였다. 자타를 막론하고 모두가 작품 속에서는 단일한 꿈을 꾸고 있었다. 요새 투로 작품을 유별 평론(類別評論)하기에는 대단히 적호(適好)한* 때였으나 그 대신 단조로운 감도 없지는 않았다.

도대체 문학의 조류란 한 세기에 한두 번 찾는 것이지 이것을 해마다 성급히 찾으려 할 때 억지가 많은 듯하다. 문제가 없으면 문제를 없이 하고 몇 해든지 유창하게 문학을 바라보면서 은연중에 조류를 자라게 하고 너그럽게 취급함이 옳을 듯하다.

이때부터 쳐서 지금까지 약 10년, 10년 동안에 대체 무엇을 했는지 돌아보면 아득하면서 눈앞에 별로 걸쳐지는 이렇다 할 것이 없다. 이곳에서의 문학 생활이 다른 데서와 같이 정상(正常)한 것이 못 되는 바에야 개인을 허물할 것도 없기는 하겠지만 성과로 내놓을 것이 없음은 역시 부끄러운 일에 틀림없다. 문학 10년기가 영광의 기록은커녕 부끄러운 하소연일는지도 모른다.

그러나 현재 전반적으로 10년 전보다는 문학이 훨씬 높아진 것이 사실이다. 지금부터 문학 생활의 초년을 시작해서 10년 후에 문학 10년기를 쓸 작가는 확실히 지금 10년기를 쓰는 작가들보다는 문학적으로 행복스러울 것도 사실이다. 역사가 평탄하든 굴곡이든지 간에 문학의 질적 향상에는 다름이 없다. 현재의 질적 토대 위에 서게 된 앞으로의 문학은 아무리 생각해도 다행된 것에 틀림없는 것이다.

십대들을 위한
감상의 길잡이

■ 이효석 문학 자세히 읽기
낭만적 서정과 세련된 기교의 문학

■ 이효석 문학사전

■ 논술 포인트 10

낭만적 서정과 세련된 기교의 문학

고인환(문학평론가)

1. 머리말

가산(可山) 이효석은 1928년 『조선지광』에 단편 「도시와 유령」을 발표하면서 본격적인 작품 활동을 시작해, 「노령근해」 「돈(豚)」 「일기」 「수탉」 「산」 「들」 「메밀꽃 필 무렵」 「분녀」 「개살구」 「낙엽기」 「장미병들다」 「향수」 「황제」 「풀잎」 등의 단편소설과 장편 『화분』 『벽공무한』 그리고 미완으로 끝난 장편 『주리야(朱利耶)』를 남겼다. 시, 수필, 희곡 등을 합치면 그의 작품은 230여 편에 달한다.

▲ 가산 이효석.

이효석의 초기 작품 세계(1920년대 후반~1930년대 초반)는 그가 '동반자 작가'로 분류되었을 정도로 사회 현실 비판에 밀착해 있다. 카프(KAPF. Korea Artista Proletaria Federatio라는 에스테란토어. 조선 프롤레타리아 예술가 동맹) 쇠퇴 이후,

그는 추악한 현실을 벗어난 순수한 세계를 형상화하기에 몰두한다.

그가 추구한 세계는 다음의 두 가지 경향으로 구분할 수 있다. 먼저, 도시 문명과 대비되는 목가적 전원의 세계를 형상화한 작품을 들 수 있다. 다음으로, 식민지 조선의 암울한 현실과 상반되는 서구 문명에 대한 향수를 표출한 작품들이다. 이효석의 소설은 도시를 배경으로 하든, 농촌을 배경으로 하든 이러한 현실(일상)과 이상(꿈)의 긴장으로 직조된다. 그에게는 지옥과 같은 현실을 벗어날 탈출구가 필요했던 것이다.

효석 문학에 대한 평가는 크게 두 가지로 요약할 수 있다. 첫째, 시적 서정을 소설의 세계로 승화함으로써 한국 단편소설의 백미를 보여준다는 긍정적 측면의 평가이다. 사실적 묘사보다는 장면의 분위기를, 섬세한 디테일보다는 상징과 암시의 수법을 이용하는 문체에 대한 내재적 관점의 평가가 주로 이루어져 왔다. 이러한 평가는 민족의 아픈 역사를 고려하지 않는 순수 문학의 입장을 대변하며, 사실주의보다는 낭만주의적 관점에 가깝다고 할 수 있다. 둘째, 구체적인 현실 인식의 부족을 비판적으로 바라보는 관점이 있다. 그의 작품이 가진 미적 성과를 인정하더라도, 현실 대응력이 떨어져 상대적으로 문학적 감동이 미약하다는 외재적 관점이 그것이다.

이 글에서는 이효석의 소설을 주제적

▲ 「메밀꽃 필 무렵」을 발표한 잡지의 속표지(1936년).

측면에서 세 부분으로 나누어 고찰하고자 한다. 먼저, 인간의 근원적 욕망인 성(性)을 매개로 암울한 조선의 현실과 이와 대비되는 새로운 세계를 꿈꾸는 작품을 살펴본다. 다음으로 구체적 현실과 꿈(환상)의 절묘한 조화를 성취한 이효석 소설의 백미(白眉)를 살펴본다. 마지막으로 일제 치하의 일상적 삶을 다루는 작품을 분석한다. 이러한 분류는 이효석 문학에 대한 상반된 평가를 일정 정도 해소하고, 그의 소설의 변모 과정을 일관된 관점에서 해석하려는 의도를 담고 있다.

2. 현실 비판에서 성(性)에 대한 탐색으로

이효석은 '동반자 작가'로 본격적인 작품 활동을 시작했다. '동반자 작가'란 카프(KAPF) 조직원은 아니지만 그 이념에 동조했던 작가를 지칭한다. 1930년대를 전후한 이들의 문학은 객관 현실의 구체적 형상화보다는 마르크시즘을 바탕으로 한 현실 비판의 열정이 압도적으로 표출된다. 이효석, 유진오, 채만식 등이 대표적 작가로 분류된다.

이효석의 초기 소설인 「도시와 유령」 「행진곡」 「기우」 「노령근해」 「깨뜨려지는 홍등」 등이 여기에 속한다. 이러한 작품들은 유산자와 무산자의 대립, 사회적 모순의 고발, 그리고 노동자들의 비참한 삶과 기생들의 가난하고 불행한 삶을 다루고 있다.

「노령근해」를 중심으로 이효석 초기 소설의 특성을 살펴보도록 하자. 「노령근해」를 감싸는 주된 정서는 러시아에 대한 지식인의 낭만적 동경이다. 조선을 떠나 러시아를 향하는 '배 안'이 작품의 공간적 배경이 되고 있는 점은 이러한 보헤미안적 성격을 드러낸다.

> 흰 식탁 위에 술이 있고 해가 비취고 빵끼 냄새 새로운 선창에 푸른 바다가 보이고 간혹 달빛조차 비끼는 살롱이 선경이라면 초열과 암흑의 기관실은 완전히 지옥이다—육지의 이 그릇된 대조를 바다 위의 이 작은 집합 안에서도 역시 똑같이 노골적으로 드러내 놓고 있다. —「노령근해」

가진 자와 못 가진 자의 대립을 갑판 위의 상류층의 파티와 배를 움직이는 기관실의 중노동의 대비를 통해 표현하고 있는 위의 인용은 효석의 초기 작품이 지니는 특징을 잘 보여준다.

고국을 떠날 수밖에 없는 식민지 민중의 모습을 형상화하고 있는 부분 또한 이러한 특성을 웅변한다. 두 층으로 된 '삼등 선실'은 만원이다. '누덕 감발에 머리를 질끈 동이고' 북극의 금덩이를 꿈꾸는 사람, '부자도 없고 가난한 사람도 없고 다 같이 잘 살기 좋은 나라'를 막연히 꿈꾸는 사람, 공부하러 떠난 지 열세 해 만에 '아라사(러시아)'에 가서 객사

▲ 이효석의 친필 원고.

한 아들의 뼈를 추리러 가는 불쌍한 어머니, 돈 벌기 좋은 항구를 찾아 나선 '색달리 옷 입고 분바른 젊은 여자' 등은 당시 조선 사회의 한 축도를 보여준다. 이들 속에 세계지도 한 권과 '노서아어(러시아어) 회화책' 한 권이 전 재산인 청년이 섞여 있다. 효석은 '배에 취하여 악취에 코를 박고 드러누운 그 가운데에서' '말끔한 정신'을 가지고 '노서아어' 단어를 한마디 한마디 외워 가는 청년에게서 식민지 조선의 희망을 암시하고 있는지도 모른다. 「노령근해」는 일제 강점기의 현실을 구체적으로 형상화하기보다는 젊은이의 추상적, 관념적 현실 인식에서 비롯된 이상향에 대한 낭만주의적 동경의 색채가 짙은 작품이다.

이러한 초기 소설 경향은 카프(KAPF)의 쇠퇴와 일제의 탄압이라는 현실 속에서 미래에 대한 전망을 상실한 허무주의적 성격으로 변모한다. 현실에 굳건히 뿌리내리지 못한 현실 비판의 열정은 현실과의 긴장을 유지하지 못하고 '인간 본능 탐구' 즉 성(性)에 대한 탐닉으로 전환된다. 이는 문학이 더 이상 사회 현실에 대한 대응력을 유지할 수 없게 되었을 때 사회 현실의 대척점에 위치한 내면적, 무의식적 욕망인 인간의 성(性) 본능에 몰입하게 되는 형국이라고 할 수 있다.

「돈(豚)」은 이러한 전환점에 놓이는 작품이다. 「돈(豚)」을 기점으로 이효석의 소설은 동반자 작가 시기의 성향을 버리고 새로운 세계로 나아간다. 이 작품은 일제 시대 농촌의 궁핍한 현실과 이를 벗어나려는 낭만적 동경이 성(性)을 매개로 팽팽하게 긴장을 이루고 있다. '식이'를 중심으로 그려지는 농촌의 궁핍한 삶은 그가 애지중지 키운 돼지의 교미를 매개로 농촌을 떠난 '분이'에 대한 그리움, 즉 타지에 대한 동경과 교차한다.

여섯 달을 기르니 겨우 암퇘지 티가 났다. 달포 전에 식이는 첫 시험으로 십 리가 넘는 종묘장까지 끌고 왔었다. 피돈 오십 전이나 내서 씨를 받은 것이 종시 붙지 않았다. 식이는 화가 났다. 때마침 정을 두고 지내던 이웃집 분이가 어디론지 도망을 갔다. 식이는 속이 상해서 며칠 동안 일이 손에 잡히지 않았다.

늘 뾰로통해서 쌀쌀하게 대꾸하더니 그 고운 살을 한 번도 허락하지 않고 늙은 아비를 혼자 둔 채 기어코 도망을 가 버렸구나 생각하니 분이가 괘씸하였다. […중략…] 능금꽃 같은 두 볼을 잘강잘강 씹어 먹고 싶던 분이인 만큼 식이는 오늘까지 솟아오르는 심화를 억제할 수 없었다.

—「돈(豚)」

돼지를 교미시키는 종묘장에서 '식이'는 고향을 떠난 '분이'를 떠올린다. 작가는 암퇘지에게 덤벼드는 씨돼지와 '분이'에 대한 성적 욕망을 은밀하게 펼치는 주인공 '식이'의 의식을 병치시키면서 그 동일성을 암시한다. '식이'는 파장 후 잠자코 서 있는 까칠한 암퇘지를 보고 '분이'의 자태를 떠올린다. 그에게 있어서 암퇘지는 성욕의 대상으로서 '분이'와 대응된다. 집으로 돌아오는 길에 '식이'는 고향을 떠난 '분이' 생각을 하면서 '아무리 부지런히 일해도 못살기는 일반'인 농촌을 떠날까 생각한다. 이런저런 공상에 빠진 '식이'는 갑작스럽게 달려오는 기차를 보지 못하고 돼지를 잃어버린다. 달아난 '분이'를 찾아 나설 노자 밑천이기도 한 암퇘지를 잃어버림은 그녀를 잃어버린 것과 같다. 모든 것을 잃은 '식이'는 망연 자실(茫然自失)한다. 이 소설은 궁핍한 농촌 현실과 이를 벗어나려는 욕망 사이에서 이러지도 저러지도 못하는 젊은 농군의 비참한 삶을 보여준다.

　이후 그의 소설은 경험 세계를 바탕으로 일상적 현실을 사실적으로 묘사하는 「일기」「수탉」의 세계와 진부한 일상을 버리고 자연의 세계로 도피하는 「산」「들」의 경향으로 분화된다.

　전자의 작품은 일상적 삶을 신변 잡기적으로 스케치한 소품이지만, 일상의 반복성과 일상 탈출의 욕망 사이의 긴장을 간결한 문체로 형상화하는 데 성공하고 있는 수작으로 평가된다. 후자의 경향은 암울한 현실을 벗어난 자연의 세계를 인간 본성인 성(性)과 관련해 탐구하고 있으나, 성 자체에 대한 집념을 드러낼 뿐 인간의 삶에서 그것이 갖는 구체적 의미까지는 형상화하지 못하고 있다.

3. 현실과 꿈의 변증법

　이효석의 소설은 현실과 환상의 긴장으로 직조된다. 그의 소설은 도시와 농촌 사이를 배회하면서 이국적(낭만적) 취향과 향토적 정서가 혼용된 모습을 보여준다. 도시에서는 목가적 자연을 그리워하고 농촌에서는 도시를 꿈꾼다. 이러한 이효석 소설의 긴장은 인간의 원형적 본능인 성(性)을 매개로 「메밀꽃 필 무렵」에서 화려하게 개화한다. 「일기」「수탉」의 세계와 「산」「들」의 세계가 「메밀꽃 필 무렵」으로 통합되는 것이다.

　장돌뱅이 허 생원의 삶은 양면적이다. 낮의 시장터의 모습에 대한 묘사는 허 생원의 고달픈 현실의 모습을 암시한다. 그러나 밤의 산길은 허 생원이 꿈꾸는 꿈의 길이요, 환상의 세계이다.

전자는 「일기」「수탉」의 세계의 연장이며, 후자는 「산」「들」과 연속성을 가진다. 「메밀꽃 필 무렵」의 이러한 설정은 산문적 현실과 운문적 세계의 긴장이며, 고통의 현실과 꿈의 세계의 공존이다. 「메밀꽃 필 무렵」의 문학적 진실성은 이러한 양면적 세계의 팽팽한 긴장에서 유래한다.

이효석은 인간의 근원적 욕망인 성(性)을 매개로 고통의 현실과 환상의 세계 사이의 화해를 지향한다. 성(性)은 고달픈 현실 속에서도 대상과 하나됨을 추구하는 순수한 내면적 욕망을 상징한다. 성(性)은 인간의 생물학적, 유희적 본능을 규정하는 중요한 요소로, 누구도 침범할 수 없는 개인의 가장 내밀한 욕망이다.

허 생원과 성 서방네 처녀와의 우연한 만남과 단 한 번의 정사는 인간의 원초적 삶과 본능의 세계를 상징한다. 이러한 낭만적 추억은 진부한 일상 속에서도 결코 포기할 수 없는 인간의 꿈꿀 권리를 표상한다. 허 생원의 과거의 추억에 대한 회상은 달밤의 낭만적 분위기 속에서 자연으로 확장된다. 자연과 인간의 정사 장면을 환기시키는 듯한 다음과 같은 표현은 추억의 연장이라 할 만하다.

이지러지기는 했으나 보름을 갓 지난 달은 부드러운 빛을 흐뭇이 흘리고 있다.

대화까지는 팔십 리의 밤길, 고개를 둘이나 넘고 개울을 하나 건너고 벌판과 산길을 걸어야 된다. 길은 지금 긴 산허리에 걸려 있다. 밤중을 지난 무렵인지 죽은 듯이 고요한 속에서 짐승 같은 달의 숨소리가 손에 잡힐 듯이 들리며 콩 포기와 옥수수 잎새가 한층 달에 푸르게 젖었다.

산허리는 온통 메밀밭이어서 피기 시작한 꽃이 소금을 뿌린 듯이
흐뭇한 달빛에 숨이 막힐 지경이다. **붉은 대궁이 향기같이 애잔하고
나귀들의 걸음도 시원하다.**

―「메밀꽃 필 무렵」, 강조는 필자.

효석의 성(性)에 대한 탐색은 인간의 원초적 삶과 본능의 세
계를 추구함으로써 자연과의 합일점을 발견한다. 여기에서 효
석은 인간의 참된 모습을 발견하려 한 것이다. 위 인용문의 강
조 부분은 마치 달과 정사를 하는 듯한 느낌을 준다. 이에 이효
석 소설에 드러나는 자연 친화, 자연에의 동화는 성(性)을 통해
인간의 본성을 탐색하려는 작가의식의 연장이라 할 수 있다. 그
의 소설이 가지는 서정성은 이러한 성(性)과 자연 친화의 속성
에서 유래한다. 성과 자연 친화는 대상과의 하나됨을 추구한다
는 점에서 공통점을 가진다.

그러나 대상과의 하나됨을 욕망하는 서정성은 구체적 현실의
리얼리티를 상실하게 한다. 비유와 상징, 그리고 암시를 통해
환상적 분위기를 형성하는 효석의 시적 문체는 이와 무관하지
않다. 「메밀꽃 필 무렵」의 낭만적 서정성이 소외시킨 농촌 현실
의 구체적 모습은 「개살구」와 「산협」에서 드러난다. 「개살구」와
「산협」은 「메밀꽃 필 무렵」과 같이 효석의 고향인 영서 지방을
무대로 쓰여진 작품이다. 토속적이고 향토적인 분위기 속에서
전개되는 위의 작품은 「메밀꽃 필 무렵」과는 사뭇 다른 관점에
서 성(性)을 다루고 있다.

「개살구」와 「산협」은 가부장적이고 봉건적인 가치관으로 인
해 억압된 개인의 성 본능이 '근친 상간'이라는 극단적 파국으

로 이어짐을 보여준다. 시골 졸부
의 젊은 여인에 대한 탐욕이 아들
과 첩의 근친 상간으로 이어진다는
설정(「개살구」)이나, 자식(아들)에
대한 집착이 낳은 비극적 결말(「산
협」)은 인간의 근원적 욕망인 성
(性)의 소중함을 역설적으로 웅변
하고 있다. 이 두 작품은 「메밀꽃
필 무렵」의 '밤의 산길'과 대조되는

▲ 이효석 생가.

속악한 현실의 모습을 형상화하고 있다. 인간과 인간, 자연과
인간의 화해보다는 분열과 갈등을 보여줌으로써 효석은 순수한
자연과 성(性)의 소중함을 강조하고 있는 것이다.

「분녀」는 남성의 폭력적인 성행위, 즉 왜곡된 성행위를 통해
서 성(性)에 눈 떠 가는 여인의 모습을 형상화하고 있는 작품이
다. '분녀'는 비록 궁핍한 농촌 현실의 희생양이지만, 남성들의
폭력적인 성행위 속에서도 성에 대한 각성을 한다는 점에서 강
한 생명력을 가진 여인이라 할 수 있다. 이러한 여성 인물의 설
정은 작가가 지닌 성에 대한 집착을 보여준다.

그러면 도시적 삶 속에서 그려지는 성(性)은 어떠할까? 「장미
병들다」는 사회 변혁에 대한 열정을 불태웠던 젊은이들이, 질풍
노도와도 같았던 청춘기를 보내고 다시 만나 도시를 배회한다
는 일종의 후일담 소설이다. 장미와도 같았던 순수한 열정을 가
진 '남죽'의 정신적, 육체적 타락과 이로 인해 얻게 된 '현보'의
실망과 성병의 곤혹을 다루고 있는 이 작품은 냉혹한 일제 시대
의 현실로 인해 인간의 근원적 욕망인 성이 타락하고 있음을 풍

자적으로 보여준다. 이러한 타락한 도시적 삶 속에서 '남죽'은 목가적이고 평화로운 자연의 삶을 꿈꾼다. 효석에게 자연은 이렇듯 현실의 정신적, 육체적 훼손을 치유해 주는 고향의 의미를 가진다.

4. 이효석 소설의 자리

이효석의 소설은 도시와 농촌 사이, 모던한 이국 취향과 향토적(샤머니즘) 정서 사이에서 줄타기와 같은 아슬아슬한 긴장을 보여주었다.

그러면 원초적 성에 대한 탐닉, 순수·순결한 세계에 대한 열정과 폭풍이 가라앉은 자리에 남는 것은 무엇일까? 아마도 구체적 일상의 모습이 가진 사소함이 아닐까?

효석의 후기 소설에는 젊은 시절의 열병과도 같았던 이국 동경과 에로티시즘이 스러지고 안온한 일상에 대한 소박한 염원이 들어선다.

낙엽을 장사지내고 가을을 보내니 별안간 생활이 없어진 것도 같고 새생활이 와야 할 것도 같은 느낌이 생겼다. 적어도 꿈이 가고 생활의 때가 온 듯하다. 나는 꿈을 대신할 생활의 풍만을 위하여 생각하고 설계하여야 한다. 가령, 나는 아내를 대신하여 거의 사흘돌이로 목욕물을 데우게 되었다. 손수 수도에 호스를 대서 물을 가득 길어 붓고는 아궁에 불을 넣는다. […중략…] 적어도 책상에 맞붙어 책을 읽고 글줄을 쓰는 것보다는 비생산적이요, 소비적이라고 늘 생각하여 오던 그 행동을 도리어 귀히 여기게 되고, 나날의 생활을 꾸며 가는 그런 행동이야말로 가장 생산적이요, 창조적인 것이라고까지 생각하게 되었다. ―「낙엽기」

이상(꿈)과 현실(생활) 사이의 관계를 모던한 현대적 감수성으로 표현한 「낙엽기」는 일상적 삶(생활)의 소중함을 강조한다. 그토록 동경했던 서구의 문명, 목가적 농촌, 그리고 순수하고 순결한 원초적 성(性)의 세계는 이 세상 어디에도 존재하지 않는다는 사실에 대한 각성은 생활에 대한 발견으로 이어진다. 그는 소소함 그 자체, 보잘것 없는 일상의 모습에서 삶의 의미를 찾고자 노력한다.

「향수」는 이를 잘 보여주는 작품이다. 도시 생활에 지친 아내는 농촌에 대한 향수를 느끼고 고향을 찾는다. 그러나 고향을 찾은 아내는 도시에 있는 남편에게 생선을 소포로 보낸다든지, 편지봉투에 돈을 넣어 보내며 걱정과 조바심을 표현한다. 남편이 아내 없는 불편으로 인해 안달을 하고 갈망을 하지 않아도 아내는 도리어 조바심을 내고 스스로 돌아온다.

향수에 복받쳐 고향을 찾은 그에게 그리운 것이 또 무엇이었던가. 향수란 결국 마지막 만족이 없는 영원한 마음의 장난인 것인가. 말할 것도 없이 아내는 고향에서 두 번째의 향수, 도회에 대한 향수를 느낀 것이다. 도회가 요번에는 고향같이만 보였을 것이 사실이다.
―「향수」

이 작품은 꿈(향수)이 결코 멀리 있지 않음을 보여준다. 도시적 일상에서 목가적 전원 생활을 꿈꾼 아내는 다시 '도회에 대한 향수'를 느끼고 일상으로 되돌아온다. 이를 통해 아내는 일상의 삶이 벗어나고 싶은 굴레가 아니라 소중한 행복의 터전이라는 사실을 깨닫는다.

가산(可山) 이효석은 일제 시대의 암울한 현실과 대비되는 순수하고 순결한 세계를 인간의 원초적 본능인 성(性)과 결합시킨 시적 서정소설로 우리 근대 문학사의 한 페이지를 장식하고 있다. 그는 식민지 현실 너머의 낭만적 현실을 꿈꾸는 보헤미안의 기질을 유감 없이 보여준다. 이효석의 소설은 인간의 근원적 속성인 꿈꿀 권리가 아름답게 직조되어 있는 한 편의 비단과도 같다. 그의 소설이 격변의 근·현대사 속에서 우리 문학이 소홀히 해온 결손 부분을 보충해 주고 있는 지점은 바로 여기이다.

·········· 주요 어휘 풀이 ··········

소설

■ 「메밀꽃 필 무렵」

전 물건을 늘어놓고 파는 가게.

궁싯거리다 별 할 일 없이 머뭇거리다.

축 같은 무리.

춥춥스럽게 매우 귀찮게. 염치 없게.

각다귀 모기와 같이 사람을 헐뜯고 해를 끼치는 무리.

얼금뱅이 얼굴에 굵고 얕게 얽은 자국이 있는 사람.

드팀전 여러 가지 피륙을 파는 가게. 포목전.

나꾸어 남을 꾀다.

필 피륙의 길이를 재는 단위.

바리 소나 말에 싣는 짐의 단위.

대거리 상대.

화중지병(畵中之餠) 그림의 떡. 마음에 드는 것을 가질 수 없는 경우에 씀.

후리다 그럴 듯한 방법으로 남의 정신을 흐리게 하여 꾀어 들이다.

짜장 과연. 진실로.

농탕(弄蕩)치다 남녀가 희롱짓거리하며 놀다.

난질꾼 주색에 빠져 행실이 부정한 사람.

결김 불의를 보지 못하고 과감하게 맞서는 성미.

탐탁하다 모양이나 태도가 마음에 들고 믿음직스럽다.

서름서름한 서먹서먹한.

바 밧줄. 볏짚이나 삼으로 세 가닥 지어 꼬아 만든 줄.

부락스럽다 말을 잘 듣지 않다.

가스러지다 잔털 같은 것이 거칠게 일어나다.

개진개진 추레하게 물기가 엉겨붙은 모양.

몽당비 끝이 닳아 모자라지고 자루만 남은 비.

암샘 수컷이 암컷에 대해 내는 욕정.

백중 음력 7월 15일에 열리는 백중제를 의미함.

흐뭇이 흠뻑. 넉넉하고 푸근하게.

객줏집 장사꾼의 물건을 위탁받아 팔거나 매매를 알선하고 그들을 재워 주는 집.

토방 마루를 놓게 된 처마 밑의 흙마루.

장도막 장날과 다음 장날 사이.

대근하여 피곤해 몸이 늘어져서.

널다리 널빤지로 건너지른 자리.

고의 남자의 여름 홑바지.

고주 고주망태의 준말. 술을 많이 마셔 제정신이 아닌 지경에 이른 사람.

전망나니 성질이 아주 못된 순 망나니.

낫세 그만한 나이.

셈 사물을 분별하는 슬기.

홀치다 물살에 쏠리다.

해깝게 가볍게.

피마 성장한 암말.

아둑시니 아둔해 눈치가 없는 사람. 본래는 어둠의 귀신을 의미함.

■「돈(豚)」

종묘장(種苗場) 묘목을 기르는 곳.

씨돈 씨를 받으려고 기르는 돼지.

무지러지다 중간이 끊어져 두 동강이 나다

쟁그랍다 보거나 만지기에 불쾌할 만큼 흉하다. 징그럽다.

달포 한 달 이상이 되는 동안.

탐탁하게 마음에 들게.

풀무 불을 피울 때 바람을 일으키는 기구.

새로 '새로에'의 준말. '는' '은'의 밑에 붙어서 '고사하고' '커녕'의 뜻을 나타내는 보조사.

이효석(李孝石) 연보

1907년(1세) 2월 23일 강원도 평창군 봉평면 남안동 681번지에서 출생. 호는 가산(可山).

1913년(7세) 평창 공립 보통학교에 입학함.

1920년(14세) 경성 제일고보(현 경기고)에 무시험으로 입학함.

1925년(19세) 경성제국대학(현 서울대학교) 예과에 입학함.

1927년(21세) 경성제국대학 예과를 거쳐 법문학부 영길리문학과(英吉利文學科)에 진학함.

1928년(22세) 『조선지광』(7월)에 단편 「도시와 유령」을 발표하면서 동반자 작가로 데뷔.

1929년(23세) 단편 「기우(奇遇)」「행진곡」을 발표. 현실적인 관심을 나타내는 작품 경향이 두드러졌다.

1930년(24세) 경성제대를 졸업함. 단편 「깨뜨려지는 홍등(紅燈)」「추억」「상륙(上陸)」「북국사신」「약령기(弱齡記)」를 발표함.

1931년(25세) 함북 경성 출신이며 나진 고등 여학교를 졸업한 이경원 씨와 결혼. 일본인 은사의 소개로 잠시 총독부 경무국 검열계에 취직하였다가 곧 그만두고 부인의 고향인 경성으로 낙향함. 『대중공론』(6월)에 단편 「노령근해(露嶺近海)」를 발표하고 동지사(同志社)에서 처녀 창작집인 『노령근해』를 발간함.

1932년(26세) 경성 농업학교에 영어 교사로 취직함. 장녀 나미(奈美) 출생. 단편 「북국점경」「오리온과 능금」을 발표함.

1933년(27세) 이태준, 김기림, 정지용, 이무영, 유치진 등과 더불어 '구인회(九人會)'를 창립함. 효석은 곧바로 그만둠. 『신여성』(3월)에 미완으로 끝난 장편『주리야(朱利耶)』

공용 준비하여 두었다가 씀.

종시 끝내.

재지 재빠르지.

■「수탉」

거적눈 윗눈시울이 축 처져 늘어진 눈.

문초 지난날 '죄인을 신문함'을 이르던 말.

잗다란 매우 작은.

잠업 누에를 치는 사업.

공칙하다 공교롭게 잘못되다.

■「산」

인총 인구.

바심 집을 지을 재목을 연장으로 깎거나 다듬는 일.

짚북데기 얼크러진 볏짚의 북데기.

보료 솜·짐승의 털 따위로 속을 두껍게 넣어, 앉는 자리에 늘 깔아 두는 요.

총중 한 떼의 가운데.

사경 한 해 동안 일하여 준 대가로 머슴에게 주는 돈이나 물건.

생뚱 같다 말이나 짓이 앞뒤가 맞지 않고 엉뚱하다.

등글개 등글개첩을 이름. 등의 가려운 곳을 긁어 주는 첩이는 뜻으로 늙은이가 데리고 사는 젊은 첩을 이르는 말.

가살스럽다 말씨나 하는 짓이 얄밉고 되바라지다.

아그배 아그배나무 열매로 배와 비슷하나 아주 작고 맛이 시며 떫다.

를 발표함. 『조선문학』(10월)에 단편 「돈(豚)」을 발표. 이때부터 그의 작품은 현실적인 관심에서 벗어나 관능적, 성적인 인간 본능을 다루는 경향이 짙어졌다.

1934년(28세) 평양 숭실전문학교로 부임. 단편 「마음의 의장(意匠)」「일기(日記)」「수난(受難)」을 발표.

1935년(29세) 차녀 유미 출생. 단편 「계절(季節)」「성수부(聖樹賦)」「수탉」을 발표.

1936년(30세) 숭실전문학교 교수로 취임. 단편 「분녀(粉女)」「산(山)」「들」「인간산문」「고사리」「메밀꽃 필 무렵」을 발표.

1937년(31세) 장남 우현(禹鉉) 출생. 단편 「낙엽기(落葉記)」「삽화」「개살구」중편 「거리의 목가(牧歌)」를 발표.

1938년(32세) 단편 「장미병들다」, 「막(幕)」, 「해바라기」「가을과 산양(山羊)」, 수필 「낙엽을 태우면서」 발표.

1939년(33세) 차남 영주 출생. 숭실전문 학교의 후신인 대동공업전문학교의 교수로 취임함. 장편 『화분』을 『조광』에 1월부터 연재함. 단편 「산정(山精)」「황제」「향수」「일표(一票)의 공능(功能)」을 발표. 학예사에서 단편집 『해바라기』를 간행함. 작품집 『성화』(삼우사)를 발간. 장편 『화분』(인문사)을 발간함. 「일표(一票)의 공능(功能)」을 발표.

1940년(34세) 부인이 사망하고 뒤이어 차남 영주도 사망하여 만주, 중국 등지를 방랑하다가 돌아와서 가을에 평양 기림리로 이사함. 『매일신보』에 장편 『창공(蒼空)』(후에 『벽공무한(碧空無限)』으로 개제)을 연재.

1941년(35세) 단편 「라오코윈의 후예」「산협」을 발표. 『이효석 단편선』(박문문고) 간행. 박문서관에서 장편 『벽공무한』을 발행함.

1942년(36세) 단편 「일요일」「풀잎」을 발표. 5월 뇌막염으로 와병, 언어불능과 의식불명 상태에서 5월 25일 별세(別世).

1943년 작품집 『황제』(박문서관) 발간.

산사 가을에 열리는 산사나무의 붉은 열매.

민출한 미끈한.

짜장 과연. 정말로.

해어 바닷물고기.

지지 부레하다 지지 부진하다. 매우 더뎌 일이 잘 진척되지 않음.

등걸불 줄기를 잘라낸 나무의 밑동을 태우는 불.

오랍뜰 뜰 앞.

■「들」

너볏너볏 아주 떳떳하고 의젓하게.

라무네 레몬즙에 물, 설탕 등을 넣은 음료수. 레모네이드(lemonade).

겻기 서로 어긋나게 맞추어 엮어 짜기.

진펄 진창으로 된 넓은 들.

마장 십 리나 오 리가 못 되는 거리를 말할

▲ 영동 고속 국도 주변의 태기산 전망대에 세워진 이효석 문학비.

때 리(里) 대신으로 쓰는 단위.

허랑하다 말이나 행동에 거짓이 많고 착실하지 못하다.

겯은(겯다) 서로 어긋나게 엮어맨.

자웅 암컷과 수컷.

주체스런 처리하기가 어렵거나 귀찮은.

호담스런 매우 담대한.

서슬 칼날 따위의 날카로운 끝부분. 언행의 날카로운 기세.

고원 관리의 보조인으로 임시 채용된 하급 사무원.

일껏 애써서. 모처럼.

거개 거의.

해내 (어려운 일 따위를) 처리해.

늠춫한 어엿한

뛰어 주다 '똥겨 주다'의 방언. 일러서 깨닫게 하여 주다.

협착한 차지하고 있는 자리가 몹시 좁은.

궁박한 가난하고 절박하게 궁한.

양자 모양. 모습.

아취 아름다운 자연에서 느끼는 흥취.

시룽시룽 자꾸 실없이 희롱거리는 모양.

스스러워하다 정분이 두텁지 못하여 수줍고 부끄러워하다.

홅기 후리질. 후릿그물로 물고기를 잡는 일.

소(沼) 늪.

까닥거리다 분수 없이 경솔하게 우쭐거리다.

곧추 굽히거나 구부리지 아니하고 곧게.

천렵 냇물에서 고기잡이하는 일.

족대 고기 잡는 도구의 한 가지.

쇠치네 미꾸라지.

가대질 서로 피하고 잡고 하며 뛰노는 아이들의 장난.

다따가 갑자기. 별안간.

기일 숨길.

달뜨다 마음이 가라앉지 아니하고 들썽거리다.

■「개살구」

서울집 고향이 서울인 남의 부인을 일컫는 말.

건사하다 잘 간수하여 지키다.

개살구 개살구나무의 열매. 더러 먹기도 하는 데 맛은 시고 떫음.

도시 도무지.

우챗바리 소가 끄는 수레에 잔뜩 실은 짐을 세는 말.

턱찌끼 먹고 남은 음식.

뜬사람 어쩌다 우연하게 관계를 맺게 된 사람.

앞대 지방에서, 그보다 남쪽에 있는 지방을 일컫는 말. 아랫녘.

버덩 높고 평평하며 나무는 없이 풀만 우거진 거친 들.

들고나다 집안의 물건을 팔려고 가지고 나가다. 집안의 형편이 기울었음을 의미함.

들추다 무엇을 찾으려고 자꾸 뒤지다.

번설 떠들어 소문을 내는 것.

여반장 일이 매우 쉽게 이루어짐.

까딱 일이 잘못될지도 모르는 모양. 자칫.

마을 가다 이웃에 놀러 가는 일.

실미적지근하다 어떤 일이 마음에 내키지 않아 열성이 없다.

탈하다 핑계를 대다.

인금 사람의 됨됨이.

사특한 요사스럽고 간사한.

북새 여러 사람이 한데 모여 부산을 떨며 법석이는 일.

의걸이 위층에는 옷을 걸고 아래층에는 미닫이로 된 의걸이장의 준말.

예료 예측.

전중이 징역꾼의 속된 말.

슬다 기운이 시들어 사라지다.

가주 갓.

역군 공사장에서 삯일을 하는 사람.

뒷치송하다 뒤치다꺼리하다. 뒷바라지하다.

명기 이름난 기생.

설치 부끄러움을 씻음.

휼계 남을 속이는 꾀.

메 제삿밥. '밥'의 궁중말.

등대하다 미리 준비하고 기다리다.

소수 몇 말, 몇 냥, 몇 달에 조금 넘음을 나타내는 말.

봉욕 욕된 일을 당함.

■「분녀」

마바리 짐을 실은 말. 또는 그 짐.

거위영장 여위고 크며 목이 긴 사람.

공칙하다 일이 공교롭게 잘못되다.

통세 병이나 상처의 아픈 형세.

동 사물과 사물을 잇는 마디. 언제부터 언제까지의 동안.

삼경 밤 11시에서 새벽 1시까지. 병야. 한

밤중.

겸연스럽다 미안하여 면목이 없다.

천동하다 움직여 자리를 옮기다.

엄부렁하다 실속이 없고 겉만 번지르르하다.

억판 매우 가난한 처지.

쥐알봉수 잔꾀가 많은 사람을 비웃는 말.

초라니 우리나라 일부 가면극이나 탈춤에 등장하는 인물의 하나. 양반의 하인으로 경망하게 까부는 역을 함.

칭탈하다 핑계를 대다.

면난하다 남을 대하기가 부끄러워 얼굴이 붉어지다.

시뻐스럽다 못마땅하게 생각하다.

가잠나룻 짧고 성기게 난 구레나룻.

검센 성질이 질기고 억센.

무죽하다 야무진 맛이 없다.

거니채다 낌새를 대강 짐작하여 눈치를 채다.

무자위 물을 자아올리는 기계. 양수기.

다따가 갑자기. 별안간.

드잡이 빚을 못 갚아 솥, 그릇 따위를 가져가는 짓.

어스레하다 빛이 조금 어둑하다.

불풍나다 바쁘게 들락날락하다.

멀떠구니 모이주머니.

아랑곳 남의 일에 참견함.

딴군 언행이 패려궂은 사람의 별칭.

겨를 다른 데로 신경을 돌릴 시간적인 여유.

겁결 겁이 나서 어쩔 줄 몰라 당황한 서슬.

요 ①관원의 일꾼에게 급료로 주는 쌀·콩·보리·베 등의 총칭. ②하인들에게 주는 곡식.

오입 제 아내 아닌 여자와 갖는 성관계. 외도.

야기부리다 불만을 품고 야단을 치다.

창 ①피륙이나 종이 등이 헤져 구멍이 뚫린 것. ②상처입다. 부스럼.

어립다 어지럽다.

강잉하게 마지못해 그대로 하게 함.

심고 천도교에서 교인들이 어떤 일을 할 때마다 한울님께 마음으로 아뢰는 일.

결착 결말이 나서 낙착됨.

소소리패 나이 어리고 경망한 무리.

언걸 입다 남 때문에 해를 당하다.

겉볼안 겉을 보면 속까지도 짐작해서 알 수 있다는 말.

착살하다 하는 짓이나 말이 경망스럽다.

수삽스런 부끄러운. 머물머물하는.

께끔하다 께적지근하고 꺼림하다.

어심하다 어스름하다. 침침하고 흐릿하다.

홀태 통이 좁은 양복.

맥고 밀짚모자.

행티 행짜를 부리는 버릇.

세부득이 '사세 부득이'의 준말. 일의 형세가 그렇게 하지 않을 수 없다는 뜻.

게정거리다 불평스러운 말과 행동을 일부러 나타내다.

어기차다 매우 굳세다.

심청 심술.

참량 참작.

수 어떤 일을 처리하는 도리나 방법.

간특스럽다 간사하고 악하다.

용수 죄수의 얼굴을 못 보게 머리에 씌우던 기구.

얼입다 남의 허물로 인하여 해를 받다.

오금 무릎의 구부러지는 쪽의 관절 부분.

마병장수 헌 물건을 가지고 다니며 파는 사람.

천덕구니 천더기. 천대를 받는 사람이나 물건.

빈지 '널빈지'의 준말. 한 장씩 끼었다 떼었다 하게 만들어진 문.

걱실걱실 성질이 너그러워 언행을 시원시원하게 하는 모양.

사특하다 요사스럽고 간특하다.

▲ 경성제대 법문학부 시절(1929년).

■ 「노령근해」

마스트(mast) 돛대.

마우자 마우재. 러시아 사람을 일컫는 말.

툽툽하다 튼튼하기만 하고 멋이 없다.

미두 현물 없이 미곡을 사고 파는 일. 미곡의 시세를 이용하여 약속만으로 거래하는 일종의 투기 행위.

윈치(winch) 밧줄이나 쇠사슬을 감았다 풀었다 함으로써 물건을 위아래로 옮기는 기계를 통틀어서 일컫는 말. 권양기.

간 길이의 단위. 여섯 자를 의미함.

바께쓰 양동이를 일컫는 일본말.

부삽 아궁이에 재를 치거나 불을 담아 옮기는 데 쓰는 작은 삽. 화삽.

간단없는 끊임없는.

기갈 배고프고 목마름.

누덕감발 누더기 옷에 발감개를 한 차림새.

동반자 작가에 대하여

카프(KAPF. Korea Artista Proletaria Federatio라는 에스페란토어의 약자. 조선 프롤레타리아 예술가 동맹)의 조직원은 아니지만 그 이념에 동조하는 작가를 일컫는다. 본시 이 말은 러시아 혁명 초기에 공산당원이 아니면서도 혁명 이념에 동조한 작가를 가리킨 말이다. 우리 나라에서 동반자 작가에 대한 논의는 채만식의 「앙탈」(1930), 「산동이」(1930)에 대한 카프 진영의 비판에서 시작되어 김팔봉이 이효석, 유진오, 장혁주, 이무영, 채만식, 조벽암, 유치진, 안함광, 안덕근, 엄흥섭, 홍효민, 박화성, 한인택, 최정희, 김해강, 이흡, 조용만 등을 동반자 작가로 정리하는 데서 일단락되었다. 1930년을 전후한 이들의 작품은 객관 현실의 구체적 형상화보다는 현실 초월의 열정이 압도적으로 부각된 문학이었다. 이효석의 「노령근해」(1931), 유진오의 「전별」(1932) 등이 대표적인 작품으로 꼽힌다.

▲ 가족과 자리를 같이 한 이효석(오른쪽이 부인 이경원).

■「향수」

오종종하다 작고 둥근 물건이 한데 모여 있어 빽빽하다.

판장 널빤지를 대어 만든 울타리.

쪽보 여러 개의 크고 작은 천 조각을 짜맞추어 만든 보자기.

그리마 그리맛과에 딸린 벌레.

맘이 달다 애가 타서 안타깝고 조마조마해지다.

호비다 오비다(구멍이나 틈 속을 갉아내다)의 거센말. 후비다.

충충대다 발걸음을 크게 떼며 서둘러서 급히 걷다.

포태 임신. 여기서는 마음속에 품게 되었다는 뜻.

하회 윗사람의 회답.

문덕문덕 큰 덩어리로 자꾸 뚝뚝 끊어지거나 잘라지는 꼴.

후출하다 뱃속이 비어 몹시 출출하다.

역운 순탄하지 못한 운수.

골패 노름기구의 한 가지.

고패 고개.

정양 몸과 마음을 안정하여 요양함.

오도깝스럽다 경망하게 나덤비는 태도가 있다.

수필

■「낙엽을 태우면서」

조련찮다 만만할 정도로 헐하거나 쉽지 않다.

귀치않다 귀찮다.

지릅뜨다 고개를 숙이고 눈을 치올려서 뜨다.

가제 임시로 대강 만드는 일.

낟 곡식의 알.

색전기 장식용 색전구.

촌음 짧은 시간. 촌각.

사사 하찮은 일.

■「동해의 여인」

여인(麗人) 아름다운 여자.

망연하다 아무 생각 없이 멍하다.

무비 아주 뛰어나서 견줄 데가 없는 것.

구화 지어낸 이야기.

■「청포도의 사상」

송이 당자균류 송이과의 버섯.

기자릉 평양시 가림리에 있는 기자의 묘.

잠방이 가랑이가 무릎까지 오는 짧은 남자용 홑바지.

독판 홀로.

되 곡식 · 약제의 양을 재는 데 쓰이는 그

릇, 단위.

순시 삽시간.

찹찹하다 마음이 가라앉아서 조용하다.

시렁 물건을 얹기 위해 두 개의 긴 나무를 건너질러 선반처럼 만든 것. 여기에서는 포도 줄기가 휘감아들어 쓰러지지 않도록 한 받침대를 의미함.

과백 연극에서 하는 배우의 거동과 대사.

회화 만나서 하는 이야기.

■「고요한 "동"의 밤」

진짬 잡것이 섞이지 않은 순수한 물건.

어거하다 수레를 메운 소나 말을 몰다.

■「수선화」

초려하다 애를 태우며 생각하다.

그역 그것도 역시.

■「화초 1」

대도(大度) 도량이 큼. 큰 도량.

■「화초 2」

여태 아름다운 모습.

노방 길가.

좌증 참고될 만한 증거.

가스러지다 성질이 순하지 못하고 거칠어지다.

교지 간사한 재주와 죄.

따짝거리다 손톱이나 칼 끝 따위로 조금씩 뜯거나 흠집을 내다.

대지 아주 뛰어난 지혜.

양종 좋은 품종.

족생 뭉쳐나기.

■「독서」

허비적거리다 계속해서 허비어 헤치다.

손 손해의 준말.

풍시 넌지시 알림.

고창 노래·구호 등을 큰 소리로 외쳐 부르는 것. 세상을 향하여 강하게 주장하는 것.

다정 정이 많음.

혈윤 핏줄로 이어받은 자손.

■「노마의 10년」

노마(駑馬) ①걸음이 느린 말, 또는 둔한 말. ②재능이 둔하고 남에게 빠지는 사람을 비유.

미상불 아닌게아니라. 과연.

사생 기숙사생.

모럴(moral) 행위의 옳고 그름의 구분에 관한 태도. 또는 인생이나 사회에 대한 정신적 태도. 흔히 윤리, 도덕 등으로 번역함.

화(禍) 모든 재앙과 액화.

사숙 직접 가르침을 받지는 않으나, 그 사람을 마음속으로 본받아 도나 학문을 닦는 것.

파인 김동환의 호. 김동환(1901~?)은 1924년 우리나라 최초의 서사시인 「국경의 밤」을 쓴 시인이며, 한국전쟁 당시 납북되었다.

적호하다 알맞고 좋다.

1 「메밀꽃 필 무렵」의 주된 배경은 '달밤의 길'이라고 할 수 있다. 이러한 배경 설정이 이 작품의 주제와 어떤 관계를 가지는지 논하시오.

***P*oint** 이 작품 속에 묘사된 자연은 단순한 배경에 그치는 것이 아니고 과거와 현재, 허 생원과 동이를 하나로 묶어 주는 계기가 된다. '달밤의 길'은 허 생원에게 과거의 잊을 수 없는 인연을 회상하게 하며, 또한 허 생원과 동이의 혈육의 정을 확인하게 한다. 이러한 자연 배경은 장돌뱅이들의 고달픈 삶을 달래 주고, 인연의 실마리를 이어 주는 낭만적인 매개체의 상징이라 할 수 있다.

문학이 반영하는 삶은 역사적인 현실의 모습이기도 하고, 시대성과 무관한 인간의 본성과 관련된 모습일 수도 있다. 비록 삶의 방법이 다를지라도 삶의 본질적인 모습은 어느 시대에 있어서든지 크게 다를 바가 없다. 이 작품은 하층 유랑민의 삶을 그렸지만, 그러한 삶 자체의 비애를 구체적으로 표현했다기보다는 달밤의 낭만적인 분위기 속에서 자연과 인간의 합일점을 발견하고 거기에서 인간의 참된 모습을 찾고 있다는 점에서 시대를 초월한 보편성을 지닌다고 할 수 있다.

2 「메밀꽃 필 무렵」을 읽고 '허 생원'과 '나귀'의 유사점에 대하여 논하시오.

***P*oint** 이 작품에서 나귀는 허 생원의 분신이고, 나귀의 모습은 바로 허 생원의 모습이기도 하다. 나귀의 목 뒤

털과 눈곱 낀 젖은 눈은 바로 허 생원의 모습이요, 암나귀를 보고 발광한 늙은 나귀의 행위는 충줏집을 찾아간 허 생원의 행위와 부합되고, 단 한 번의 일로써 강릉집 피마에게 새끼를 보게 한 나귀의 모습은 허 생원이 성 서방네 처녀와 단 하룻밤의 인연에서 동이를 얻게 된 것과 일치한다.

이러한 허 생원과 나귀의 등식 관계는 인간의 원초적이고 본능적인 성(性)의 세계를 통해 자연과 인간의 합일점을 찾으려는 효석의 자연 미학, 즉 '인간의 동물적 환원'이란 주제의식을 드러낸다.

3

「산」에서 '중실'은 머슴살이를 그만두고 산 속으로 들어가 산다. 이러한 '중실'의 모습은 자연과 인간과의 완전한 합일(合一)로 보기 어렵다. 그 이유는 무엇인지 논하시오.

*P*oint 이 작품은 머슴살이를 쫓겨난 '중실'이 산 속에 들어가 자연의 일부가 되는 서정의 세계를 그리고 있다. 산은 고요하고 정적인 공간이며, 그것은 반도시적, 반문명적 세계를 표상한다. 그러나 머슴살이에서 쫓겨난 '중실'의 머슴살이, 즉 인간 삶의 구체적 모습은 제시되어 있지 않다. 인간사와 자연이 대등한 관계로 설정되어 있지 않고 산 속의 고요와 정적, 안온함만 강조되어 있어 자연에 일방적으로 동화되는 삶을 보여줄 뿐이다. 따라서 '중실'의 산(자연)은 인간이 돌아가 의지해야 할 가치적 대상이기보다는 일시적 위안이나 현실 도피의 성격을 가진다. 자연만이 있고 인간은 배제된 자기 만족적인 세계일 뿐이다.

4 「돈(豚)」의 암퇘지가 '식이'에게 가지는 의미를 현실적 가치와 암시적 의미로 구분하여 논하시오.

***P*oint** '식이'에게 암퇘지가 가지는 현실적 가치는 농촌의 궁핍한 삶을 벗어나게 해줄 생명선의 기능을 한다. 어려운 농가에서 돼지 기르기보다 나은 부업이 달리 없는 것이다. '식이'는 푼푼이 모은 돈으로 새끼 돼지 한 쌍을 사와서 기른다. 여섯 달밖에 안 된 암퇘지를 종묘장에 데리고 간 '식이'의 행위는 빨리 새끼를 얻어 가난을 탈피하려는 의지의 소산이다.

'식이'에게 암퇘지는 성욕의 대상인 '분이'의 분신이라는 암시적 의미를 가진다. 작가는 암퇘지의 교접 행위와 '식이'의 '분이'에 대한 애욕을 병치시키면서 그 동일성을 암시한다. 암퇘지의 상실과 '분이'의 상실이 대응관계를 가지고 있기 때문에 기차에 잃어버린 돼지는 고향을 떠난 '분이'의 운명에 대한 하나의 시사라고 볼 수 있다. 따라서 돈과 사랑에 굶주리고 있는 청년에게 있어 돼지의 상실은 '분이'의 영원한 상실을 암시한다.

5 「개살구」의 '서울집'을 둘러싸고 있는 고목은 살구나무이다. 이 살구나무에 열리는 열매는 참살구가 아니라 개살구이다. 주인공 '형태'의 삶을 바탕으로 제목인 '개살구'의 상징적 의미를 논하시오.

***P*oint** 이 작품은 일제 강점기 시골 졸부의 발생 과정과 그들의 삶의 모습을 구체적으로 보여준다. 오대산에

임야를 가지고 있던 주인공 '형태'는 박달나무 벌목 덕택에 부자가 된다. 재물이 생겨난 뒤 그는 젊은 첩을 들이고, 지역 유지 행세를 하기 위해 뇌물과 술책을 써 가면서까지 면장 운동에 나선다. 이러한 '김형태'의 삶은 꽃과 향기는 그윽하지만 맛은 시고 떫은 '개살구'와 유사하다. 그는 부를 축적한 부자이긴 하나 인간다운 기품을 가지지 못한 탐욕스럽고 천한 인물이다. 이에 겉만 번지르르하고 공허하기 짝이 없는 '개살구'는 시골 졸부인 '형태'의 삶을 상징한다고 할 수 있다.

6 「분녀」에 드러나는 작가의 성(性)에 대한 태도를 논하시오.

Point 이 작품의 주인공 '분녀'는 '명준' '만갑' '천수' '왕가' 등에게 차례차례 겁탈을 당한다. 분녀는 처음에는 질겁을 하지만 차차 무엇인지 야릇한 감정에 젖어서 상대방에 순응한다. 나중에는 오히려 은근히 남성을 그리워하기까지 한다.

「분녀」는 남성의 폭력적인 성행위를 통해서 성에 눈 떠 가는 여인의 모습을 형상화하고 있다. '분녀'는 비록 전근대적인 농촌 현실의 희생양이지만, 남성들의 폭력적인 행위 속에서도 스스로 성에 대한 각성을 한다는 점에서 강한 생명력을 가진 여인이라 할 수 있다. 작가는 '분녀'를 통해 일방적이고 강압적인 남성 중심적인 폭력을 비판하면서 능동적이고 자발적인 성의 소중함을 강조하고 있는 것이다.

7 「수탉」을 읽고 주인공 '을손'이가 제 구실을 못하는 초라한 '수탉'을 보기 싫어하는 이유가 무엇인지 논하시오.

*P*oint 이 작품은 닭을 키워 팔아 수업료를 내면서 근근이 학교에 다니는 '을손'이가 능금 서리를 하다 들켜 무기 정학을 당한다는 내용을 담고 있다. 배가 고파서 몇 개 따먹은 사과 때문에 담임 교사의 추궁을 받고 무기 정학 처분을 받은 '을손'은 설상가상으로 평소 알고 지내던 '복녀'가 다른 남자와 약혼을 한다는 소식을 듣는다.

학교에서 과학과 기술을 배워도 이를 이용할 자신의 농토조차 없고, 그렇다고 학교를 그만둘 수도 없는 이러지도 저러지도 못하는 '을손'의 처지는 제 구실을 못하는 가련한 수탉의 모습과 같다. '을손'은 '못난 수탉'을 볼 때마다 자신의 비참한 모습이 떠올라 화가 나는 것이다. '을손'이 던진 물건에 맞아 지르는 수탉의 비명이 을손의 오장을 뒤흔들어 놓는 이유도 바로 여기에 있다.

8 「노령근해」를 읽고, 일제 강점기 고향을 떠나는 하층민들의 삶을 논하시오.

*P*oint 「노령근해」에는 고국을 떠날 수밖에 없는 식민지 민중의 모습이 형상화되어 있다. 배 안 두 층으로 된 '삼등 선실'은 만원이다. '누덕감발에 머리를 질끈

동이고' 북극의 금덩이를 꿈꾸는 사람, '부자도 없고 가난한 사람도 없고 다 같이 잘 살기 좋은 나라'를 막연히 꿈꾸는 사람, 공부하러 떠난 지 열세 해 만에 '아라사(러시아)'에 가서 객사한 아들의 뼈를 추리러 가는 불쌍한 어머니, 돈 벌기 좋은 항구를 찾아 나선 '색달리 옷 입고 분바른 젊은 여자' 등은 당시 조선 사회의 한 축도를 보여준다. 이렇게 저마다의 사연을 가지고 보다 나은 나라를 향해 떠나는 서민들의 모습은 일제시대의 암울한 현실로부터 탈출하려는 의지의 발현이다.

9 「향수」에서 아내는 고향인 농촌에 내려갔다가 다시 도시가 그리워 자발적으로 되돌아온다. 고향에 대한 향수가 도시에 대한 향수로 바뀐 것이다. 이를 바탕으로 현실과 꿈(향수)의 상관 관계를 논하시오.

*P*oint 이 작품에서 도시 생활에 지친 아내는 농촌에 대한 향수를 느끼고 고향을 찾는다. 그러나 고향을 찾은 아내는 도시에 있는 남편이 걱정되어 생선을 소포로 보낸다든지, 편지봉투에 돈을 넣어 보내며 조바심을 표현한다. 남편이 아내 없는 불편으로 인해 안달을 하고 갈망을 하지 않아도 아내는 도리어 제 편에서 조바심을 내고 스스로 돌아온다.

이러한 아내의 행위를 통해 작가는 향수란 완전히 충족되지 않는 '영원한 마음의 장난'이라고 말한다. 꿈(향수)은 일상 속에서 쉽게 현실화되지 않는다. 그러나 인간은 결코 꿈을 포기

할 수 없다. 인간은 지루한 일상 속에서 언제나 꿈을 꾸면서 살아가기 때문이다. 문학이 사는 공간은 바로 이러한 꿈과 현실의 경계가 아닐까?

10

「낙엽을 태우면서」를 읽고, 글쓴이가 가을을 '생활의 시절'이라고 느끼는 이유에 대하여 논술하시오.

*P*oint 가을은 화려한 초록이 사라진 낙엽의 계절이다. 글쓴이는 낙엽을 '꿈의 껍질'에 비유한다. 글쓴이는 '꿈의 껍질'을 태우면서 추억과 감상에 잠기기보다는 맹렬한 삶에의 의욕을 느낀다. 그는 죽어 버린 꿈의 시체인 낙엽을 땅 속 깊이 파묻고 엄연한 생활의 자세로 돌아선다. 전에 없이 손수 목욕물을 긷고 혼자 불을 지피며 지상 천국은 별다른 곳이 아니라 늘 들어가는 목욕탕 안에 있다는 사실을 깨닫는다. 책, 원고지와 씨름하던 서재에서 벗어나 가벼운 마음으로 삶의 여유를 가져보는 것이다. 이러한 여유는 일상적 삶의 소중함을 일깨워 준다. 일상적 일이라면 촌음을 아끼고 소비적이니 비생산적이니 하고 경시하던 지금까지의 삶을 반성하고 사사로운 생활적 삶에서 창조적이고 생산적인 의미를 발견하게 되는 것이다. 깊어 가는 가을이, 벌거숭이의 뜰이 한층 삶의 보람을 느끼게 하기에 가을을 '생활의 시절'이라고 생각하는 것이다.